月華迷宮の巫女
～奪われた純心～

水島 忍

Illustration
野田みれい

この作品はフィクションです。
実在の人物・団体・事件などに
一切関係ありません。

CONTENTS

アールスト・
ギデ・ソルヴァーオン
ソルヴァーオン国の新たな国王。
エレディア・レジン
預言による神託をする『月の民』
レジン一族の血を継ぐ娘。
登場人物紹介

月華迷宮の巫女
～奪われた純心～
ルフェル
アールストの弟
フィリートル
ルフェルの側近
illustration 野田みれい

純潔を意味する純白のドレスに身を包んだエレディアは、目の前で繰り広げられる祝《いわ》いの宴《うたげ》を、なんの感動もなく眺《なが》めていた。

複雑に編み込まれた銀色の長い髪には、華奢《きやしや》な細冠がつけられている。エレディアが動く度に、冠につけられたいくつもの宝石がきらめき、女達の羨望《せんぼう》の眼差《まなざ》しを一身に受けていた。

ここはソルヴァーオン王国の宮殿だった。宴を催《もよお》す大広間には他国の賓客《ひんきやく》や自国の貴族が大勢集まっていて、酒を飲み、ご馳走《ちそう》を食《しよく》している。今、広間の中央できらびやかな衣装を身に着けた異国の舞踏団による祝いの舞が行なわれたところだった。

エレディアは自分の隣に座る男へと青い瞳を向けた。

艶《つや》のある黒髪に、鷹を思わせる鋭い眼差しの黒い瞳。顔立ちは整っており、美しいと表現しても差し支えないほどだが、決して女々《めめ》しいところはなく、それどころか、周囲に威圧感を与える武人のようでもあった。

長身でしなやかな体型を細かい刺繍《ししゆう》が施《ほどこ》された黒い服が包んでいる。肩には光沢《こうたく》のある黒いマントがつけられており、その頭には宝石が埋め込まれた王冠が燦然《さんぜん》と輝きながら載っていた。

彼の名は、アールスト・ギデ・ソルヴァーオン。

このソルヴァーオン王国の国王であり、今日、エレディアの夫となった男でもある。だが、エレディアは彼のことをほとんど何も知らなかった。

わずか四十日ほど前に父である前国王を亡くし、新王となったこと。そして、父を王家の墓へと葬《ほうむ》ったその足で、エレディアの住む館にやってきて、結婚の申し込みをしたこと。彼の年齢が二十七歳で、母親である前王妃は十年前に亡くなり、弟王子が一人いること。

エレディアが知っているのは、それくらいだ。

わたしは国王となんか結婚したくなかった……！

そんな苦々しい想いが頭を過ぎった。自分がどんなにこの結婚を嫌がっていたとしても、この人はきっとなんとも思わないだろう。彼は間違いなく冷酷《れいこく》な人間なのだ。

エレディアは視線を前に戻した。彼らが座っている場所は、大広間の床から数段高くなっており、まさしくここは支配する者がいるべきところであった。もっとも、エレディア自身はただの添え物に過ぎない。アールストの妻で、この国の王妃なのだが、自分が選ばれたのはただ血筋ゆえのことだった。

愛情も何もない。いや、王族の結婚とは、そういうものなのだろう。十八歳で、自分が両親のような愛ある結婚をすると信じていたエレディアにとって、この結婚は強《し》いられたものであり、本来なら承諾するはずのないものだった。

たとえ、王妃となり、未来の王の母となると聞かされても……。

再び苦《にが》い想いが込み上げてきて、エレディアはまたアールストに目をやる。が、今度はアールストもエレディアのほうを見ていて、二人の目が合ってしまった。

「気位《きぐらい》の高い猫のようだな」

アールストにそう言われて、エレディアはなんのことか判らず戸惑った。

「おまえのことだ、エレディア。どれだけの女がおまえを羨《うらや》んでいるのか、知っているのか？」

そんなことは、とっくに知っている。いや、実際にあちこちで囁かれていたのも知っていた。聞こえよがしに言う者さえいたのだ。彼こそ、エレディアがそんな立場に置かれたことを知らないに違いない。

『いにしえの血筋というだけで、王妃になれるなんて』

『なんの後ろ盾《だて》も持たない娘を妃《きさき》にするとは、新王も変わっている。今に美しい寵姫《ちょうき》を傍に置くようになるだろう』

『宮廷での礼儀作法も知らないくせに！』

『王妃にはふさわしくない。品位も足《た》りない。あの髪は見事だが、もっと美しい娘はいくらでもいる』

そんな声が、エレディアの耳にまだ残っている。彼らの悪意が伝わってきて、胸が苦しくなりそうだった。

「存じております」

エレディアは目を伏せた。

王なんか嫌い。大嫌い。

そんな子供じみたことを思っても、もう遅い。王族のしきたりに則《のっと》った結婚式は終わり、自分はもう王妃となった。これから、死ぬまでその義務に縛られるのだ。

自分の指には、王妃の証《あかし》となる大きな赤い宝石を埋め込んだ紋章つきの指輪がはめられている。これを外すときは、自分がこの世を去ったときだけだ。世の人は夫婦の絆《きずな》を解消するときがあるという。しかし、王族にはない。王と自分は死ぬまで夫婦なのだ。たとえ、どちらかが嫌悪感しか持たない関係になったとしても。

「おまえは猫のように超然として高いところから人々を見下ろすだけで、自分にはなんの関わりもないと思っている。冷たい女だ」

アールストは口元に笑《え》みを貼《は》りつけながらそう言った。傍から見れば、仲のいい夫婦のようだが、彼は明らかにエレディアを侮辱《ぶじょく》している。今まで一度でも、冷たい女だなどと言われたことはないのに。

「……いいえ、陛下。妃となった以上、義務は果たすつもりでいます」

彼女は王妃になりたくてなったわけではない。しかし、自分がこの道を選んだのだから、努力はするつもりだ。この慣れぬ夫の言葉に従い、王族としてやるべきことをする。王宮の奥に引っ込んで、泣いて暮らすことなどしたくない。

「そうだな。義務は果たしてもらわなくては」

何故だか、アールストはおかしそうに笑った。そして、手を伸ばして、エレディアの髪に触れる。彼女は一瞬ビクッとしたが、なんとか我慢する。たかが髪に触れられたくらいで、こんな反応を返すのはおかしいことだ。

彼に触れられるのが耐えられないというわけではなかった。

ただ……。

何故だか、エレディアは彼の傍では、なんとも言えない奇妙な衝動を感じるのだ。彼と一緒にいるときだけ、自分はいつもの自分でなくなってしまう。それが怖かった。

「おまえは美しい。この月光色の髪が世継《よつ》ぎに受け継がれるといいのだが」

エレディアは、彼が何をほのめかしていたのか、やっと気がついた。王妃の第一の務《つと》めは、王子を産むことだった。そして、そのためには、しなくてはならないことがある。

エレディアは蒼白《そうはく》となった。

この退屈な宴が早く終わればいいと思っていた。しかし、この宴が終われば、自分は王と寝所を共にしなくてはならないのだ。

いや、一緒に眠る必要はない。ただ、一時の間、王に身を任せなくてはならない。

そのことについての説明を聞いたのは、昨日のことだった。本当のところ、何をするのかはよく知らない。ただ、すべてを王に任せて、何があったとしても、決して抗《あらが》ってはいけないと……。

不安でたまらない。この皮肉めいたことしか口にしない男に、一体、何をされるというのだろう。

結婚式で受けた口づけは、唇を合わせただけの儀礼的なものだった。しかし、エレディアは以前、彼に荒々しく口づけされたことがある。まさしく唇を奪われたと表現すべきキスで、あのときの彼のように乱暴な真似をされるのではないかと思い、怖くなった。

しかし、もう逃げられない。わたしはもうアールストの妻であり、世継ぎをもうけることが義務である王妃なのだ。

「一糸まとわぬ姿も美しいのだろうな。おまえの身を守っているものをすべて剥《は》ぎ取るのが楽しみだ」

アールストはそう言いながら、エレディアの髪から手を放した。

エレディアの身体は小刻みに震えている。

彼はわざと寝所のことを思い出させたのだ。王妃になったことを喜びもせず、無感動に宴を眺めていた自分に。

今夜、わたしは彼に……。

いや……。いやよ、そんなの。

だが、もう逃れるすべはない。義務は果《は》たさなくてはならない。それは妻となったのだから、当然のことだ。

でも……身体を穢《けが》されても、心はそのままよ。

エレディアは自分の胸にそっと手を当てた。

こんな強《し》いられた結婚などで、自分の大事な心を穢されたりしない。アールストに絶対に心を許したりしない。

彼女は自分にそう誓った。


エレディアは『月の民《たみ》』と呼ばれるレジンの娘である。

レジン一族はソルヴァーオン王国の成立以前からこの地に住んでいた古い民で、預言を行なう民としても有名だった。月の夜に、神がかりとなり、これから起こることについて警告をすると言われていた。

その昔、ソルヴァーオンの王もしくは世継ぎの王子はレジンの娘と婚姻《こんいん》して、その血筋の子供を新たな世継ぎにしなくてはならないという掟《おきて》があった。レジン一族の神秘の力を王族に取り入れ、ソルヴァーオン王国を安泰《あんたい》に導くためだったという。

しかし、レジン一族にあまり子供が生まれなくなったことや、王族からは預言の力も軽視されるようになったこともあり、今やその掟は形骸化《けいがいか》していた。レジン一族は隣国との国境近い村で、ひっそりと暮らすようになった。しかし、預言を信じる貴族や領主は今もいるので、一族が生活に困るようなことはなかった。神秘の力はそれだけで、なんらかの保護や貢物《みつぎもの》を受けることができるのだ。

エレディアは一族の長《おさ》の孫娘である。昔なら、これだけでも、王妃になる運命だっただろう。しかし、今は掟などあってなきがごとしだ。両親のような結婚をして、末長く夫と幸せに暮らすのだとずっと夢見てきた。

それが脆《もろ》くも壊れたのは、新王となったアールストがエレディアの住む館にやってきた日だった。

その日の早朝、早馬がやってきて、館の中は慌しくなった。今から思えば、あのとき、伝令《でんれい》が来たのだろう。エレディアを王妃として迎えるために館を訪れると。

朝食の席で、エレディアはただ大事な客が来ると聞かされて、有力な貴族でも神託《しんたく》を求めてやってくるのだろうと思った。

「わたしもお客様を迎える準備のお手伝いをするわ。庭からお花を切ってくるわね。玄関と居間にお花を飾るわ。それから……」

そのとき、同じ席に着いていた長である祖父と父が目配《めくば》せを交わした。そして、母がそれに気づいて、慌てたようにエレディアに話しかけてくる。

「今日はあなたもお客様と会うことになるのよ。だから、準備の手伝いではなく、あなた自身を綺麗にしなくては」

「わたしが……お客様と？」

彼女は眉《まゆ》をひそめた。今まで客と顔を合わせたことはない。というより、今までずっと子供扱いされてきたから、一人前の女性として正式に人前に出ることはなかったのだ。

「あなたももう十八よ。子供ではないから、お客様のお相手くらいできるわよね？」

母はエレディアの自尊心《じそんしん》をくすぐった。常々、自分は子供ではないと思っていた彼女には、一人前の女性のように客をもてなすことは憧れでもあった。

「もちろんです、お母様。お客様のお相手ができるなんて、楽しみだわ」

エレディアは大人と認められたことが嬉しくて、舞い上がっていた。そうでなければ、気づいたはずだ。湯浴《ゆあ》みさせられ、侍女《じじょ》に丁寧に身体と髪を洗われた挙句に、身体中に花の香りのする油を塗りつけられた理由に。

一番いいドレスを着せられ、銀色の長い髪は高く結《ゆ》い上げられ、母の髪飾りをつけてもらった。鏡の中の自分は大人の女性のように美しく見えて、満足だった。どんな身分の高い客が来ても、これで臆《おく》せずに話ができる。自分がきちんと客をもてなすことができるということを示せば、両親もきっと安心してくれるだろう。

小さなエレディアも大人になり、やがて神のお告《つ》げを受けることができるだろう、と。

彼女は生まれてからまだ預言を行なったことがなかった。一族の証と言える能力を、ひょっとしたら、持っていないのかもしれない。その疑いはここ何年もの間、エレディアの頭に染《し》みついて離れなかった。

月の夜に、いくら神に祈《いの》りを捧《ささ》げても、神託を受けることはなかった。彼女には神の言葉が宿《やど》らない。長の孫娘でありながら、その事実は屈辱的《くつじょくてき》でさえあった。それならば、せめて客をもてなすことができると示しておきたかった。

そうすれば、自分の居場所がまだここにあると思うことができる。結婚で一族の外に出ない限りは、彼女はレジンの娘だった。いや、たとえ一族の外に出たとしても、自分は一生レジンの娘だった。能力は眠っていても、血筋は消えないものだからだ。

不意に、外が騒がしくなる。客が現れたのだ。彼女は好奇心が抑えられず、二階の自室の窓からそっと下を覗いた。

いつも貴族や領主はきらびやかな馬車でやってくる。しかも、馬車は一台ではない。まるで権力をひけらかすかのように何台もの馬車でやってきて、従者や侍女をたくさん連れてくる。それから、もったいぶった態度で神託を行なってほしいと切り出す。そして、代価《だいか》として金貨の詰まった袋を差し出すのだ。

ところが、その客は馬に乗ってやってきた。黒い服を着た男だ。ずいぶん若い男のように見えた。一人ではなく、護衛のような男達が影のように寄り添っているが、男が彼らの主人であることはすぐに判った。

男は馬から降りた。黒いマントが翻《ひるがえ》る。乱れてしまった黒い髪を撫でつけるその仕草に、エレディアは胸がときめいた。そして、そんな自分に驚いた。今まで一度も会ったこともない男に、自分がときめくなんて考えられなかった。

エレディアの興味はいつもレジン一族にあった。預言を行なう能力を身につけたいと、それだけを考えていた。いつかは結婚して、子供を産みたいと考えていたが、彼女は恋したことすらなかったのだ。

玄関の外まで迎えに出た祖父と父親が、その男に跪《ひざまず》くのを見て、エレディアはもっと驚いた。

誰なの、あの人は……?

今までやってきた貴族の誰よりも身分が高いというのだろうか。

だとしたら、彼は……。

不意に、彼が顔を上げた。そして、エレディアのいる窓のほうに目を向ける。鋭い視線に、彼女ははっとして窓から離れた。

もしかしたら、彼女が覗いていたのに気がついたのだろうか。気づかれていたら、とても恥ずかしい。覗き見していたのと同じだからだ。しかも、恐らくかなり身分の高い男性を。

ドアがノックされ、侍女が顔を見せた。

「お嬢様、お客様にご挨拶《あいさつ》なさるようにと……」

「判ったわ。応接間ね」

エレディアは気を取り直して、部屋を出て、階段を下りた。彼に見られていたとしても、大したことはない。それに、まともな男性なら、自分が覗いていたことをわざわざ口にしたりしないだろう。

侍女が応接間のドアをノックして開けた。

「お嬢様がおいでです」

エレディアは深く息を吸って、部屋の中へと足を踏み入れた。レジン一族は身分の高い客をもてなす必要があるため、応接間はかなり広く豪華に作られていた。食事をする長いテーブルに椅子、それから寛《くつろ》ぐためのソファもある。部屋の中にいたのはあの客と祖父と父母だけだったが、大きなソファにあの男が一人で悠然《ゆうぜん》と座っていた。祖父と両親は立ったままで、まるで自分達が彼の使用人であるかのようだった。

男の鷹のように鋭い視線は、エレディア一人に向けられている。彼女は内心震え上がっていたが、なんとか勇気を振り絞って、口元に微笑を浮かべた。

黒い髪に……黒い瞳だわ。男なのに綺麗な人。でも、なんだか危険な感じもする。

　エレディアは彼から目が離せなかった。それくらい、彼には何か彼女の心を引きつけるものがあるのだ。その理由がなんなのか、彼女には理解できなかったが。

「孫娘のエレディアです」

　祖父は彼に自分のことを紹介していた。

「エレディア、陛下の御前だ。頭を下げなさい」

　そのときになって、エレディアはやっと彼が何者なのか判った。

　ソルヴァーオン王国の新しい国王だ。身分が高いはずだ。エレディアは両手でドレスのスカートを摘《つま》み、片方の足を後ろに引き、腰を落として挨拶をした。

「陛下……お会いできて光栄です」

　彼はその間もじっと彼女を見つめていた。居心地が悪くなるくらいに見つめている。ふと、彼は口元に笑みのようなものを浮かべた。

「思いのほか美しい娘だ。気に入った」

　祖父と両親は息を潜《ひそ》めるように二人を見守っていたが、彼がそう言うと、明らかにほっとしたようだった。

「それでは、陛下。私達に異存はございませんが……」

「判っている。二人きりにさせてもらおうか」

　祖父が何か言いかけたが、彼はあっさりと遮《さえぎ》った。なんて傲慢《ごうまん》な男なのだろう。臣民《しんみん》はすべて彼の気に入るように振る舞わなくてはならないのだろうか。

「承知しました。……エレディア、おまえが陛下のお相手をするのだ」

エレディアはまたもや驚かされた。国王陛下の相手を自分のような小娘が務めてもいいとは思えない。しかし、この場で祖父に逆らうことはできなかった。祖父に恥をかかせることになるからだ。

祖父と両親が退室してしまい、エレディアはたった一人で王と対峙《たいじ》しなくてはならなくなった。いや、対峙ではない。ただ客をもてなすだけの話だ。

「陛下、お飲み物はいかがですか？　我が一族に伝わるもののひとつに秘蔵のお酒があって、月の華《はな》と呼ばれております。よかったら召し上がって……」

「酒などいらぬ。月の華なら、毎年、献上《けんじょう》されている」

そんなことは知らなかった。エレディアは顔を赤らめた。

「それより、もっと近くに寄れ」

「えっ……は、はい……」

初対面の男性の傍に行くことは怖かった。しかも、二人きりで部屋にいるのに。しかし、王の命令を無視するわけにはいかない。エレディアはドキドキしながら、彼に近づいた。

彼は相変わらずじっとエレディアの顔を見ている。いや、顔だけではなく、全身に視線を這《は》わせているようだった。

「私がここに来たのは、おまえを見るためだ」

「わたしを……？」

意味は判らなかったが、何故だか胸が高鳴った。

彼はわたしを見るために、ここに来た……！

「花嫁を一度も見ずに娶《めと》る勇気はないからな」

エレディアは聞き違いかと思った。だが、確かにそのように聞こえた。花嫁、と。

「花嫁……と、今おっしゃいましたか？」

聞き返すなど、不遜《ふそん》なことだ。しかし、どうしても確かめずにはいられなかった。

「ああ、言った。あと一月の後、私はおまえを妃《きさき》にする」

彼はすでに決定していることを告《つ》げるような口調で、彼女に言い渡した。いや、もう、彼の中では決まっているのだ。

そう思うと、急に腹が立ってきた。自分の意志はまるっきり無視されている。ただ、彼はエレディアを見定《みさだ》めに来ただけなのだ。

「どうして……わたしを妃になさるのでしょうか？　わたしは身分も高くはありませんし、何よりお会いしたのは今日が初めてです」

「おまえはレジンの娘だ。しかも、長《おさ》の孫娘だ。国中を探しても、おまえほど王妃にふさわしい女はいないだろう」

彼女はすぐに例の忘れられた掟のことを言っているのだと判った。

「あの掟はすでにないものではありませんか？　誰も思っていないのに。信じられない。今更、掟が有効だとは、

「いや……。私には必要なものだ」

ふと、彼はとても真剣な顔をした。

「私は新国王として力を示す必要がある。そのひとつが、おまえを妃にすることだ。月の民レジンの娘を娶り、その血を引く息子を世継ぎに据《す》える。そして、この国は更に繁栄《はんえい》していくだろう」

「そんな……！　わたしはそんな理由で結婚したくありません！」

「おまえの意見など聞いていない」

彼は本当にエレディアの意見など聞く必要はないと思っているようだ。彼女は、祖父や両親の言動がすべてを表していることに気がついた。思い返してみれば、祖父はエレディアを王の花嫁として差し出すことに異存がないと言っていたのだ。

「でも……でも、わたしを無理やり花嫁にはできないはずだわ……！」

彼はまさかエレディアを引きずってでも花嫁にする気はないだろう。彼は王だ。どんな相手でも選べる。しかし、嫌がっている相手をわざわざ花嫁にするなんて、自尊心が許さないだろう。他に、王妃になりたいと望む女はいくらでもいるのだから。

彼はエレディアの言葉を鼻で笑い、彼女を上から下までじろじろと見つめた。

「私はこの国の王だ。たとえば、レジン一族をこの地から追いやることもできる。そうでなければ、貴族や領主にレジン一族と関わらぬようにというお触《ふ》れを出すこともできるのだ。そうなったら、おまえ達はここで優雅には暮らしていけないだろうな」

「なんてことを……」

彼は脅《おど》かしてでも、彼女を花嫁にすると言っている。彼にはもちろんそれだけの権力があるわけだが、女一人のためにそんな力を振るうとは思えなかった。

いや、彼はエレディアが拒絶したら、本当にそうするかもしれない。自分の命令が聞けないなら、だれが苦しもうと知ったことではない、と。それくらい、冷酷《れいこく》な男に見えた。

彼は暴君だわ……！

エレディアはそう決めつけた。会ったばかりの男に、結婚すると勝手に決められた。しかも、彼が欲しいのは血筋だけなのだ。もしくは、神秘の力だ。

わたしにその力がないとしたら……。彼はどうするかしら。結婚を考えるのをやめてくれるかしら。

もちろん、まだ覚醒《かくせい》していないだけで、その力は自分の中に潜んでいるのかもしれない。けれども、一生、眠りについたままということも考えられる。一族としての能力に欠陥《けっかん》を抱える自分など、彼は欲しくないかもしれない。

「わ……わたしは……」

「おまえが拒否するなら、おまえの従姉妹《いとこ》でもいいが」

彼の残忍《ざんにん》な欲求に、エレディアはカッとなった。彼は月の民の血筋を持つ女なら、誰でもいいのだ。

「フェリスはまだ十四歳だわ！」

「十四でも子は産める。それに、子は今すぐでなくてもいい。数年経《た》てば、大人になる。それから、産ませればいいことだ」

彼は繁殖《はんしょく》用の牝馬《ひんば》か何かのように、自分やフェリスのことを扱《あつか》おうとしている。王妃とは名ばかり。子供を産ませる道具か何かのように考えているのだ。

「国王陛下……」

「アールストだ。アールスト・ギデ・ソルヴァーオン」

彼は立ち上がり、初めて名乗った。そして、エレディアの手を取ると、その指先にキスをした。エレディアはビクンと身体を震わせる。彼の唇が触れた辺りが、妙《みょう》に熱い。本当のことをいえば、その手を振り払ってしまいたかったが、まさかそんな失礼なことはできない。

そもそも、求婚を断ることが失礼ではあったが。

彼は更に手を引き寄せたかと思うと、彼女を腕の中に抱いていた。

息が止まるかと思った。エレディアは今まで身内でもない男性と、こんなに身体を寄せたことはなかった。自分の頬が彼の硬い胸に当たっている。彼の力強い鼓動まで伝わってきて、彼女はどうしていいか判らなかった。

彼の大きな手がエレディアの背中を撫でた。

「王は権力がある。求婚を断られたという理由で、この場でおまえを辱《はずかし》めても、誰も私を咎《とが》めたりしない」

なんて恐ろしいことを、彼は平然と口にしているのだろう。エレディアの身体には震えが走った。

「顔を上げろ」

エレディアは恐る恐る顔を上げた。彼の整った顔がすぐ目の前にある。彼の黒い瞳は鋭い光を放っていて、彼女の青い瞳を見据《みす》えていた。

自分の鼓動は耐えられないほど激しく打っている。

この人は……わたしをどうする気なの……？

突然、彼はエレディアの肩をぐいと引き寄せると、唇を奪った。

もちろん初めてのキスだった。いつか花嫁になるときが来たとき、その相手にキスされることを漠然《ばくぜん》と夢見ていた。しかし、彼はそれを傲然《ごうぜん》と踏み躙《にじ》った。

自分こそが彼女の夫になると、行動で示したのも同じことだった。彼のキスは唇を合わせるだけのものではなかった。容赦《ようしゃ》なく舌を差し込んできて、エレディアの口の中をかき回している。

支配的で傲慢《ごうまん》なキス。

エレディアは舌をからめとられて、呆然としていた。とても抵抗できない。もし彼が王でなかったとしても、こんな荒々しい激しいキスをされて、とても抗《あらが》えたとは思えない。

それは彼が乱暴だからではなく……。

エレディアの身体の内側から、見知らぬ衝動が湧き起こってくる。それが何故だか心地よくて、たまらなかった。脚が震える。いや、震えているのは脚だけでない。身体全体が小刻《こきざ》みに震えていた。

どうしたら……どうしたらいいの？

エレディアはどうすることもできずに、ただ彼の口づけを受けていた。やがて、すっかり気が遠くなった頃、彼はやっと唇を離してくれた。

彼女は脚に力が入らず、そのまま崩れ落ちそうになったが、彼が腰に手を添えて抱きとめた。

「あ……わたし……わたし……」

彼の残忍な眼差しがエレディアの本心を見抜いて、にやりと笑った。

「取り澄ましたおまえにも、情熱は隠れているようだな」

頬がカッと熱くなる。しかし、反論のしようがなかった。彼のキスに翻弄《ほんろう》されて、抗う気力もなくしてしまったかのようだった。

「おまえは目の覚《さ》めるような美女というわけではない。しかし、純真で可憐《かれん》で美しい。特に、この月光のような色の髪は……素晴らしい」

彼はエレディアの髪飾りを取り去り、綺麗に結い上げていた髪を乱した。彼は髪の手触りを楽しんだ後、彼女の顎《あご》に手をかけ、ぐいっと上に向けた。

目と目が合う。それだけで、エレディアの鼓動は速くなった。

「エレディア・レジン、おまえに命じる。我が妃となり、世継ぎを産め」

もちろん、それは拒絶することなどできない命令だった。彼もまた返事など期待していない。

たった今から、エレディアは国王の婚約者となった。

彼が手を離すと、支えを失くした彼女はそのまま絨毯《じゅうたん》に崩れ落ちていく。脚が萎えたように力が入らない。

彼は振り向きもせずに歩き去り、扉の向こうへと去っていった。

祝いの宴が終わり、エレディアは何人もの女官《にょかん》にかしずかれて、王妃の間に案内された。

王妃の間は私的な部屋というわけではなく、そこで王妃付きの女官達と昼間を過ごしたり、客を招《まね》いて楽しむ部屋のようだった。広々としてソファがたくさんあり、寛げるように配慮してある。私的な部屋は別にあり、そこはこぢんまりとしていて、書き物机や書棚やソファが置いてある。

その他に、ドレスや装身具が収納してあり、大きな鏡が壁にかけてある衣裳部屋や、大きな浴槽が設置してある王妃だけの湯浴みの部屋もあった。

そして、もちろん寝所もある。そこには四柱式の巨大で豪華なベッドがある。王の寝所と扉一枚で繋がっていることが、エレディアには怖くて仕方がなかった。

彼女は自分と同じくらいの年齢の女官リアに婚礼用のドレスを脱がされ、湯浴みのための部屋で全身を清《きよ》められた。そして、衣裳部屋で夜着《よぎ》として白いローブを着せられた。羽織《はお》るだけのローブで、サッシュを解かれたら、すべてを晒《さら》すことになってしまうだろう。長い髪をブラシで梳かれ、それは腰まで垂《た》れている。ローブだけの姿が恥ずかしくて、せめて髪で隠してしまいたかった。

やがて、リアは下がってしまい、エレディアは寝所に一人で取り残された。ベッドの傍の小さなテーブルの上には枝付きの燭台《しょくだい》が置かれていて、蝋燭《ろうそく》が三本も灯《とも》されている。いっそ真っ暗なら、まだ救いがあるが、きっと勝手に消してはいけないのだろう。

不安のあまり、彼女はベッドに上がり、上掛けで自分の身体を隠そうとした。

そのとき、王の寝所との境にある扉がスッと開いた。アールストが無言で入ってくる。彼女は咄嗟に上掛けを引っ張る。彼の視界から隠れたかった。もちろん、それが無理なことは承知していても、この薄いローブしかまとっていない自分の身体をじろじろ見られるのは嫌だったのだ。

アールストは彼女の姿を見て、眉をひそめた。

「無駄な努力はするな」

まさしく、無駄な努力だろう。しかし、今、彼女はそうしないではいられなかったのだ。彼は同じようなローブを身につけている。彼女と同じようにそれを羽織り、サッシュを締めているが、彼が大股で歩くので、彼のたくましい膝から太腿にかけて、ちらりと見えた。

心臓がドキドキする。こんなことで毎夜、彼と過ごせるのだろうか。いや、その前に、無事に初夜を終えることができるのだろうか。

ここで何をするのか、一応、聞いたものの、具体的にはよく判らなかった。エレディアはそれから経験する羞恥《しゅうち》や痛みより、彼と一緒にいると落ち着かなくなる自分の反応が怖かった。

心まで彼のものになるわけにはいかない。しかし、身体を支配されたとき、自分がどうなるのか考えると、とても怖かった。キスだけで、自分は彼に何もかも屈服《くっぷく》しそうになっていた。あんなふうに自分がまたなるかと思うと、できるだけ彼とは距離を置きたい気持ちでいっぱいだった。

アールストはベッドに上がると、上掛けを剥《は》いだ。エレディアは反射的に両手で自分の胸を隠そうとする。

「隠すな！」

鋭い声で命令されて、彼女は泣きそうな気分になりながらも、両手を下ろした。彼の視線がエレディアの胸に向けられている。二つの膨《ふく》らみの形がしっかりと判るはずだ。たちまち、エレディアの頬は赤くなった。

「陛下……」

「こんなときに、堅苦しい呼び方をするな。私の名前くらい、知っているだろう？」

「アールスト……」

「そうだ、エレディア。二人だけのときには、そう呼ぶんだ」

アールストはエレディアのローブに手を伸ばすと、サッシュを解いた。すると、薄い布でも、ないよりましだということが判った。彼の目の前に、つんと上を向いた乳房《ちぶさ》が曝《さら》け出されてしまったからだ。

「そそる身体だ」

アールストはローブを剥ぎ取り、彼女をまったくの無防備な姿にした。エレディアは逃げたかった。どこにも逃げられないと判っていても、とにかくここから立ち去りたかった。彼の視線に晒《さら》されたくない。彼に触れられたくなかった。

キスされただけで、自分はまた我を忘れてしまうようなおかしな状態に陥ってしまうかもしれない。彼に強く惹《ひ》きつけられて、心まで奪われてしまうかもしれなかった。

そんなの……いやだわ。

だって、彼はわたしを、世継ぎを産む道具としか考えていないんだもの。

それも、月の民の血だけが目当てなのだ。たまたま彼の条件に合致《がっち》するのが、エレディアだったというだけだ。従姉妹のフェリスでも構わない程度の理由だ。

こうして、彼に貪《むさぼ》るような目つきで見られているだけで、身体が震えてくる。これが嫌悪感による震えなら、どれだけよかったことだろう。愛し、愛されないのなら、いっそ冷たい関係のほうがいい。自分だけが恋に落ちてしまったりしたら、惨《みじ》めになるだけだ。彼が冷たく傲慢な王で、自分を決して愛したりしないだろうということだけは、とうに判っていた。

そう。わたしはそれほど愚《おろ》かではないつもりよ。彼に愛されるなんて、絶対に無理。

しかし、彼がエレディアに欲望を抱いていることだけは確かだった。気がつくと、彼女はアールストに押し倒されていて、ベッドに横たわっていた。上から彼が見下ろしている。

何故だか息が荒くなる。エレディアは彼にすぐにでも穢《けが》されるに違いないと思った。今にも自分に襲いかかりそうな雰囲気があったからだ。

エレディアは喘《あえ》ぐような声を出した。

「は……早くしてしまえばいいわ！」

「なんだって？」

アールストは眉をひそめた。

「だって……これは義務だもの。さっさと済ませてしまえば、それで……」

彼の眼光が鋭くなり、エレディアは何も言えなくなった。

「義務か。なるほど義務には違いない」

アールストはゆっくりと低い声でそう言った。彼は怒っている。間違いない。しかし、どういうつもりなのか、エレディアを乱暴に奪うということはしなかった。その代わりに、彼女の髪にそっと触れてきた。

「美しい髪だが、それだけではないな。手触りがいい。こんなふうに、シーツの上に髪が広がっているのもいい」

彼はこの髪が最初会ったときからお気に入りのようだった。けれども、エレディアは髪を優しい手つきで撫でられるのは苦痛だった。けれども、何度も撫でられるうちに、次第に身体から力が抜けてくる。

なんて気持ちがいいのかしら……。

髪の中に指を差し込み、手を櫛《くし》の代わりにして梳いていく。その感覚が、エレディアの心を無防備にさせていた。やがて、頬を撫でられ、親指で唇を撫でられたときに、彼女ははっと身を硬くした。

「撫でられるのは好きみたいだな。やはり猫みたいだ。それも、気位が高すぎて、撫でてもらいたいのに、そんなそぶりは見せない猫だ」

「わたしは……別に撫でてもらいたいなんて……」

「心配するな。おまえが嫌というほど、撫で回してやる。その他のこともな」

彼はエレディアの頬を両手で包むと、顔を近づけてきた。気がついたときには、唇が塞《ふさ》がれていた。頬を押さえられているせいで、避けようにも避けられない。もちろん、夫である王がキスしようとして、王妃が逃げたりできるわけがなかったが。

彼は舌で彼女の口の中を蹂躙《じゅうりん》した。エレディアは舌をからめとられて、気が遠くなりそうになる。同時に、身体が熱っぽく変化してくる。

ああ……いやっ。

自分のこんな反応が嫌いだ。そして、我が物顔でキスしてきて、こんな反応を意思に反して引き起こさせる彼が嫌いだった。

アールストは唇を離し、彼女の喉《のど》に口づけた。

「あっ……」

小さな声だったが、甘く淫《みだ》らな声に聞こえた。死にたくなるくらいに、恥ずかしい。こんな行為に意味はない。世継ぎを産むために必要なだけだ。それなのに、どうして、身体がむずむずしてきて、耐えられなくなるのだろう。

彼は片方の乳房を手で包んだ。一瞬、エレディアは身体を強張《こわば》らせた。今まで男性には一度も触れられたことがなかった場所だ。彼は柔らかく掌でそこを包み、ゆっくりと撫で、その弾力を楽しんだ。それから、その頂《いただき》を指の腹で撫でていく。

「や……っ……ん」

エレディアは眉を寄せて、首を振った。彼が触れたところから、まるで魔法のように甘い疼《うず》きを感じた。

彼女が嫌なのはこの行為ではなく、自分の反応だった。行為は義務である以上、止められないからだ。やめてと言ったところで、絶対に聞いてくれる相手ではなかった。それだけは確かだ。エレディアに人を見る目がなかったとしても、それくらいは判る。

「悩ましげな顔をして……。もちろん、おまえは嫌なわけがない」

アールストは嘲《あざけ》りの言葉を口にすると、指で撫でていた蕾《つぼみ》を口に含んだ。彼女は驚いて、目を見開いた。

指が震えながらシーツをぐしゃっと握り締める。彼が自分の胸にむしゃぶりついている。それを見て、エレディアは何か訳の判らない気持ちが込み上げてきた。感覚的なものではなく、きっと精神的なものだ。胸の奥に切なさにも似た感情が湧き起こり、彼の愛撫による快感と相まって、複雑な疼きとなった。

撫でられるだけではないのだ。彼は唇も舌も使って、彼女の身体に刺激を加えていた。

「ああ……あっ……」

なんと言っていいか判らなかった。結婚というものは、こんな苦しみも味わわなくてはいけないものなのだろうか。そそくさと行為を済ませてしまえばいいのに、そういうわけにはいかないのか。

しかし、アールストはこの行為を明らかに楽しんでいるようだった。エレディアが彼のすることに当惑し、それから翻弄されることが彼には楽しいことなのだろう。

彼が胸の頂を吸い、舌で舐め回している。今までなら想像もできないことだったのに、もうエレディアはそれを受け入れていた。どんな意思表示をしたところで、無意味だからだ。逆に、抵抗したら彼は彼女をもっと苦しめるだろう。最初の出会いのときから、彼はエレディアを苦しめるのが楽しいようだった。

彼は片方の乳首を口で愛撫する間、もう片方を指で弄《いじ》っていた。乳房全体を揉みしだき、乳首を撫でる。両方の胸を同時に刺激されて、彼女は何度も首を横に振った。髪がきっと見苦しく乱れているだろう。だが、そんなことはどうでもよかった。

彼は自分に対して、美しいと口にした。しかし、エレディアはそれを信じてなかったからだ。銀髪のことを褒《ほ》めたのも、それがレジン一族によく現れる特徴だからだ。彼にしてみれば、これが欲しいものの象徴に思えることだろう。

いにしえの良き血を持つ一族。神秘の力に導かれて、月夜に預言をするレジン。彼は国王である自分のために、それらを欲しがったのだ。

そう。愛情のひとかけらだって、二人の間には存在しないのだ。

彼が乳房から手と唇を離した後、エレディアは大きく息を吸った。胸が大きく上下する。アールストはそれを見て、にやりと笑った。

「ずいぶん乱れているようだが、義務だから耐えているのか？」

「も……もちろん……」

そうでないことは、彼だってよく判っているだろう。彼はきっとエレディアが感じているものの正体を知っているはずだ。それが判っていて、彼女を揶揄《からか》っているのだろう。

だが、彼女は何も文句は言えなかった。これが義務だと言ったのは、自分なのだ。

「さあ、他の場所もこれほど感じるのか、試してみるか」

彼は再びエレディアの身体に顔を伏せた。乳房の下辺りから、お腹へと唇を這わせられる。エレディアははっとして、身を硬くした。彼はどこまで『下』にキスするつもりなのだろうか。

臍《へそ》の周囲を舐められ、それから更に下へ行こうとする。エレディアは恐ろしくて身をよじったが、彼はやめてくれなかった。

「ここも同じ色なんだな」

彼はエレディアの柔毛に触れて、感心したように言った。馬鹿にされているとしか思えない。彼はエレディアが抵抗できないと知っていて、こんな侮辱《ぶじょく》を口にするのだ。

「やめて……っ」

とうとう我慢できずに、そう口走ってしまった。エレディアは思わず唇を噛んだ。

「何をやめてと言っているんだ？　誰に口を聞いているつもりだ？」

彼は傲慢な口調で問い質《ただ》した。

「わたし……わたしは……」

言葉が出てこない。どう言い訳しても、彼の気に入るとは思わなかったからだ。

「ごめんなさい……」

謝るしかなかった。説明したところで、彼にはきっと理解できないだろう。彼はこういうときには暴君になるからだった。彼は自分が正しいと思っているに違いない。

「二度と言うな。もう一度でも言ったら、容赦《ようしゃ》はしない」

彼の言葉に、エレディアは震え上がった。彼は全面降伏《こうふく》しか望んでいない。元々、彼は短気のようだった。

アールストは彼女の両脚を無造作に広げた。思わず小さな悲鳴を上げる。しかし、彼はじろりと睨《にら》んだだけだった。

太腿を押し上げられ、秘密の場所が彼の目の前に晒される。エレディアはこんな屈辱を味わうのは初めてだった。

信じられない。こんなふうにじろじろ見られるなんて。

しかも、蝋燭の明かりは容赦なく二人を照らしている。暗闇の中での出来事なら、なんとか耐えられたのに。

「見られただけで、死にそうな顔をしているな。しかし、恥じる必要など、どこにもない。私達は夫婦だからだ。誰も非難などできない」

それでも、わたしは嫌なの……！

だが、それを口に出すわけにはいかない。エレディアは唇を引き結んだ。屈辱に耐えるしかない。何をされても、何事もなかったかのような振る舞いをすればいいだけだ。

ただ、その何事もなかったような振る舞いが、何より難しかった。特に、アールストのような傲慢な男の傍では。

アールストは押し上げた太腿の内側に唇を這わせた。こんなところにキスするなんて、彼はどうかしている。彼の口づけた後が火傷《やけど》したように熱く感じられる。エレディアはレジンの長の孫娘として、慎み深く育てられた。男性に脚を見られることすらなかったのに、今はこんな真似をされるなんて信じられない。

彼の口は太腿の上のほうへと上がってくる。エレディアの身体が震えた。逃げたくても、脚が押さえつけられているため、動けなかった。

広げられた脚の中央に、彼が顔を近づけてくる。息がそこにかかって、彼女はまたビクンと身体を揺らす。

「やっ……」

思わず出た声に、アールストはすぐさま顔を上げて、エレディアを睨みつけてきた。

「今、嫌だと言ったか？」

「何も……何も言わないわ」

もう一度でも言ったら、容赦はしないと言われた。だから、否定するしかなかった。

「嫌ではないんだな？」

「はい……」

言いたいことすら言えない。けれども、この男の妻になると決めたときから、それは判っていたことだ。自分は彼の犠牲になるだろう、と。

「おまえは何をされても文句は言わない。そうだろう？」

何をされても……？　本当に？

虚《うつ》ろな気持ちで、エレディアは頷いた。

「よし。その従順な気持ちを忘れるな。すぐにおまえは慣れてきて、文句どころか、ねだり始めるだろう。もっとしてほしいと」

そんなことは絶対にない。これは義務だ。妃となったからには、しなければならないことだから、今、自分はこのベッドにじっと横たわっているのだ。

アールストはエレディアの脚の間に顔を埋めた。大事なところに柔らかい唇が押し当てられたかと思うと、舌が秘裂の中へと潜り込んでくるのを感じた。

そんな……！

エレディアは必死で我慢した。身体を強張らせ、目をぎゅっと閉じ、シーツを両手で握り締める。

目を閉じていれば、悪夢はすぐに終わる。そう思ったのだが、彼の舌の動きを身体の内部に感じてしまい、頭の中ではそのことばかりを考えてしまう。口の内部を探られるのと同じことだ。けれども、キスより恥ずかしくて、気持ちがいい。

身体の芯から熱くなってくる。下半身は痺《しび》れたようになっていて、こんな感覚は初めてだった。

何……？　なんなの？　わたしの身体に何が起こっているの？

エレディアは戸惑っていた。たまらなく恥ずかしいだけの行為だと思っていたのに、自分の身体は意に反して蕩《とろ》けていく。彼に押さえつけられている両脚が小刻みに震える。今は嫌だなんて思えなかった。それどころか……。

いいえ、そんなことないわ！

エレディアは必死で自分の考えに固執《こしつ》しようとした。気持ちいいはずがない。これは何かの間違いよ。わたしはこんなことをされるのは絶対に嫌。

しかし、頭で考えていることと、身体で感じることは違う。あまりにも違いすぎる。

不意に、アールストは唇を秘裂から離して、少し上の部分を舌で探った。

「あっ……！」

一箇所だけ、恐ろしく敏感な場所があり、そこを舌で探られると、身体が大きく震えた。アールストは続けざまにそこを舐めてくる。身体がそれに耐えられず、ビクビクと痙攣《けいれん》するように揺れた。

そこがなんなのか、よく判らない。けれども、そこが刺激されると、エレディアはすべての身を守るものを剥ぎ取られたような気がした。もう、彼には決して抗えない。結局、彼の思うとおりになってしまっている。

身体が燃えるように熱かった。彼は顔を上げて、指でそこを撫でた。

「あ……あっ……ん」

アールストはくすっと笑った。

「さすがの氷のような妃も、この珠《たま》を刺激されると弱いか」

「珠……？」

指でその部分を軽く押さえたまま左右に動かされて、エレディアはぐっと身体を反《そ》らした。しかし、彼は低く笑いながら、指を離した。

「まだだ。褒美《ほうび》は一番最後だ」

どういう意味だろう。褒美とは、一体なんのことなのか。エレディアは自分の下半身に力が入らず、そこがどろどろに溶けているような気がしてならなかった。

アールストはそのまま指をずらして、秘裂を撫でた。中から何かがとろりと出てくる。

「判るか？　蜜《みつ》がたっぷり溢れ出している」

「蜜が……？」

エレディアの声はひどく掠《かす》れていた。彼にそこを撫でられただけで、どうにもならない熱さを感じる。どうにかしてほしい。この熱から解放してほしい。エレディアは何をどうしたらいいのか判らず、本能のままに腰を動かした。

「ああ、判っている。こんなものでは、もう物足りないんだろう？」

彼の指がすっと内部へと吸い込まれるように入ってきた。エレディアはわずかに身体を震わせた。

「ゆ……指が……」

彼の指が自分の中に入っている。

嘘だわ……！

「そうだ。私の指だ。判るか？」

彼は指を彼女の内側で動かした。指を引き抜きかけて、また奥へと押し込んだ。それを何度も繰り返されるうち、エレディアはたまらなくなっていた。蕩けるような熱さを感じながらも、何かが足りない。彼女はもどかしくて、腰を揺らした。

「まだ乙女のくせに、なんて淫らな女だろう」

アールストは嘲るように笑った。エレディアは悔《くや》しかった。彼の思うとおりになっているのに、嘲笑《ちょうしょう》されなくてはならないとは。

「だって……」

「言い訳など無用だ。これが当たり前の反応だからだ。ただ、おまえはつんと取り澄ましていたから、おかしいと言っているんだ。結局、月の民だろうが、なんだろうが、他の女と変わらないではないか」

彼が自分を他の女と比べているのが、屈辱的だった。自分は初めてで何も判らない。しかし、彼はこんな経験を何度でもしてきているということだ。それこそ、彼はずっと世継ぎの王子だった。お気に入りの寵姫がすでに何人居てもおかしくはない。

ああ……そうよ！　正式に婚姻《こんいん》したことはなくても、すでに子供だって何人もいるかもしれない。彼は自分のような取り澄ました女より、もっと従順で可愛い女のほうがいいに決まっている。世継ぎを産ませるという仕事がなければ、こうしてエレディアを抱こうとは思わなかったのかもしれない。

涙が溢れ出てきた。泣きたくなんかないのに。泣けば、余計に侮辱されるに決まっているのに。

エレディアはきつく唇を噛んだ。

これが王の仕事のうちならば、さっさと済ませればいい。それなのに、彼はわざと自分を感じさせて、屈辱を与えた。

こんなことをした彼が憎い。絶対に許すものか！

「おまえだって……ただの女だ。私の前ではな。何も変わらない」

「ああっ……！」

彼は内部をもっと抉《えぐ》るような動きをした。いや、それだけではない。指が一本から二本に増えている。無理やりそこが広げられたような気がしたが、痛くはなかった。それどころか、衝撃が強いだけで、彼女のその部分は彼の指をしっかりとくわえ込んでいた。

身体がじんじんと痺れてくる。彼の言うとおりかもしれない。自分がこれほど淫らになれるとは思わなかった。

彼がゆっくりと二本の指を動かしていくにつれて、我慢できずに声が出てしまう。

「あっ……あん……あんっ……っ」

甘くて艶のある声になっている。こんな声が自分の喉から出てくることが、とても信じられなかった。

腰がひとりでに揺れる。彼の指を受け入れている部分から、蜜がまた流れ出した。もう淫らだと言われてもいい。彼女はすでに冷静ではなかった。こんなに気持ちがいいのに、まだ何かが足りなくて、もどかしくて仕方がない。

突然、アールストが唸《うな》るような声を出して、指を引き抜いてしまった。

エレディアは驚いて、彼を見つめる。自分が何か怒らせるようなことをしたのかと思ったからだ。

彼は自分が身につけていたものを乱暴に剥ぎ取った。

エレディアは大きく目を見開いた。初めて男性の裸を見たのだ。自分の身体とのあまりの違いに、彼女は喘《あえ》ぐような声を出した。

広い肩幅やたくましい胸板については、抱き締められたときに気がついていた。その下に続く引き締まった腹の筋肉も、とても好ましいものに見えた。しかし、更にその下にあるものについては、エレディアはただ目を丸くするばかりで、身動きひとつできなかった。

股間には硬くそそり立つものがある。それが彼女の身体を貫《つらぬ》くものだということは、すでに教えられていた。

でも……。

でも……無理よ。

彼女は凍りついた顔のまま、首を振った。

きっと、耐えられない。これに引き裂かれたら、わたしの身体は壊れてしまうわ。

悲鳴を上げて逃げたかった。それでも、ここで逃げることは許されないのだということは、動転した頭の隅にまだ残っていた。

しっかりと腰を抱き寄せられると、硬いものが秘裂に押し当てられた。エレディアは蒼白《そうはく》となりながら、目をギュッと閉じた。

これはただの悪夢だ。目を閉じていれば、すぐに終わる。

エレディアは何度も頭の中でそう唱えた。効果があるかどうか判らなかったが、そうせずにはいられなかったのだ。

「力を抜け。そのほうが楽になる」

アールストは低い声で囁くように言った。嘲るような声ではなく、鋭い声の命令でもなかった。思いがけなく優しい声を聞いて、エレディアは少し緊張が解《ほぐ》れた。その隙《すき》を狙っていたのか、彼はぐっと腰を押し進めてきた。

「あっ……く……ああっ」

彼の凶器が自分の内部を切り裂いていく。そんなふうにしか思えなかった。痛みが増して、涙がまた零《こぼ》れ落ちた。

「泣くな。……泣くんじゃない」

彼はエレディアの頬を包み、優しくキスをしてきた。耐え難いほどの痛みをもたらしているのは、彼自身なのに。

舌が優しく絡んでくる。痛みに耐えるには、エレディアは彼にすがるしかなかった。彼の首に手を回して、自分からも舌を絡めた。

彼が更に腰を落とすと、痛みは消え去った。少しの間、彼はじっとそのままでいた。が、唇を離して、そっと囁きかけてくる。

「判るか？　おまえと私の身体がひとつに結ばれていることが」

彼は二度ほど腰を動かして、確かに繋がっている様子を彼女に確認させた。彼女は大きく息を吸い、頷く。

確かに、身体は奥深くで繋がってしまっている。ほとんど知らない男性に、こんなことをされているなんて、とても信じられない。同じ月の民で、よく見知っている男性でも、手しか触れたことはないのに。

「おまえは……私のものだ」

アールストはゆっくりと大きく腰を動かしていく。さっきまでの行為より、とても淫らな感じがする。それはきっと、自分だけでなく彼もこの行為によって感じているからだ。彼の表情がそれを物語っている。

エレディアは自分が完全にこの男のものとなっていることを認めた。

遠い昔、奴隷《どれい》が所有の証として焼印《やきいん》を押されたように、自分もまた彼に印を押された。彼とこんなに身体の奥深くで結びついてしまって、これをなかったことにはできない。彼は間違いなくエレディアの主人だった。

彼だけがエレディアを所有できる。彼だけがエレディアを支配できる。彼女は今までの自分とは違うことに気がついた。

もう……以前の自分には戻れない。無垢《むく》で純情だった娘だった自分はどこにもいないのだ。

彼女の目からまた涙が零れ落ちた。これは肉体の涙ではなく、心が流す涙だ。今までの自分と決別し、娘から女にならなくてはならない。この王宮で何があろうとも、もう逃げ帰ることはできないのだから。

彼が動く度に、彼女の身体は熱くなっていく。下半身だけでなく、全身が燃えるようだった。身体の芯《しん》に火がついたような気がする。これを鎮めるには一体どうしたらいいのだろう。

自分の柔らかい胸が彼の痛い胸板に擦《こす》れていく。敏感な乳首が尖ってきて、その刺激に甘い声を上げた。

蕩ける蜜壺《みつつぼ》に何度も何度も、彼が己《おのれ》のものを突き立てている。もう、これ以上は耐えられない。身体の奥深くからぐっと何かが突き上げてくるような感覚があり、エレディアは必死に彼の背中にしがみついた。

「ああぁっ……！」

背中をぐっと反らすと、強烈な快感が全身を貫いていった。

これは……これは何？

よく判らないが、これこそがこの行為の結末だと悟った。アールストもまたエレディアの身体を強く抱き締めて、身体を強張らせる。くぐもる声が聞こえてきて、腰をぐっと押しつけられ、自分の内部に何かが放たれたことに気がついた。

今、二人の身体は何もかも共有していた。鼓動が速い。身体が熱い。何より快感の余韻に、二人とも酔っていた。

初夜がこんな激しいものだったなんて……。

彼女は目を閉じていれば、すぐ済むのだと聞かされていた。痛いかもしれないが、すぐに済むのだと。

まったく違っていた。辱《はずかし》められ、嘲られたけれども、最後にはこれほどの快感に全身を満たされるとは、思っていなかった。

エレディアはあまりにも満ち足りていたため、おずおずと彼の背中を撫でた。気の迷いかもしれないが、今だけは彼のことを自分の夫だと心から思えることができたからだ。

しかし、アールストはそれに感謝するどころか、跳ね起きて、彼女から身体を離した。

口元が強張っていて、不機嫌な顔をしている。

何故……？

彼が感じていたものは、わたしと違うのかしら。

エレディアには彼の気持ちが判らなかった。こんなに気持ちいいのが、自分だけだったなんて、あり得ないと思うのだ。

「アールスト……」

声をかけたが、睨まれただけだった。彼は自分が身につけていたものを拾うと、素早く羽織って、ベッドから下りた。そうして、後ろも振り返らずに、自分の寝所に繋がる扉を開けて、出ていってしまった。

エレディアは動けなかった。

たった今、幸せだと思っていたのに、今はそうではない。悲しくて、惨《みじ》めだった。まるで凌辱《りょうじょく》されたような気がして、裸で脚を広げたまま、身動きもできなかった。

身体が次第に冷えていく。心も凍りつくようだった。

あれほどまでに身体は穢されても、心は奪わせないと決心していたのに、彼は容易《たやす》く彼女の防御を突き崩した。そうしておいて、心を許した瞬間を狙って、こんなひどい仕打ちをした。

涙がまた零れ落ちる。今度は我慢しなくてもいい。自分は一人きりで残されて、他に誰も見る者もいない。

独りぼっちで、夜を過ごすのだ……。

彼に抱かれる喜びなど知らなければよかった。目を閉じている間に、手早く済ませてくれればよかったのだ。

そうすれば、痛くても我慢できた。あんなに親密な行為を行なった後で、彼はあまりにも残酷だった。

アールスト・ギデ・ソルヴァーオン。この国の王。そして、わたしの夫。

彼は妃であるエレディアの身体に子種《こだね》を蒔《ま》いた。その途中で、彼女の心も奪い、最後には滅茶苦茶《めちゃくちゃ》に踏みつけにした。

ああ、でも……。

わたしはあの人を好きになったりしないわ。好きになるところがあったとしても、心から愛したりしない。

何故なら、彼はこうして残酷に女を扱える人だから。

決して愛してはいけない人。

エレディアは再び氷の仮面をつけた。

それは野蛮な風習だった。

翌朝、初夜のシーツが剥ぎ取られて、王の側近達《そっきん》に血の跡を見世物にされた。屈辱的だったが仕方ない。それは、純潔であった証だ。彼女が産む世継ぎが、確かに王の血筋であるという証拠となるのだ。

早く世継ぎが生まれればいい。そうしたら、この地獄から多少なりとも逃れられる。

エレディアはリアの手によって身支度を終え、朝食の間へと向かった。昨日、彼女はこの王宮に入ったものの、どこにどんな部屋があり、どんなことに使われているのか、よく判らない。かろうじて、案内されたのは王妃の間だけだった。

朝食の間は大きなテーブルがあるものの、部屋自体は小さく、そこは決して多くの客人と一緒に食事をする場所ではない。祝いの宴が催《もよお》された大広間とは違う。

「こちらの席にお着きください」

女官長であるベルテはにこりともせずに、大きなテーブルの端の席を示した。エレディアはそこに腰かけると、ベルテに話しかけた。

「ここはお客様を招いたりするところではないわよね？」

「もちろんですわ、王妃様。こちらは王族の方の私的な間となっております。つまり、ここを使われるのは、国王陛下と王妃様、そして、陛下の弟君であるルシェル王子様だけということになりますわね」

彼女の口ぶりは、そんなことも知らないのかと言いたげだった。ベルテは五十代くらいの女性で、女官長になっているくらいだから、王宮勤めは相当長いのだろう。彼女が自分にこれだけ刺々《とげとげ》しい態度を取るのは、何故《なぜ》なのだろうと思った。

確か昨夜、紹介されて、顔を合わせたばかりなのに……。

王宮にたくさんいる女官を指揮するのは女官長で、その女官長に指示するのが、王宮の女主人である王妃の役目となっている。もちろん、王妃が手助けを求めているときには、女官長は自《みずか》らそれを察して動かねばならず、それだけでも大変な職務だということは判る。

結婚する前に、王の側近が何日もかけて、王宮での生活や仕組みについて、王妃として学ばねばならないことを教えてくれた。政治的なことはさておいて、王妃の身分は国王の下ではあるが、その他の誰よりも高いということになっている。

それなのに、女官長にこんなものの言い方をされるとは、何がいけなかったのだろう。昨夜、自分の世話を自分と同じくらいの年齢の女官に任せたのが、彼女の不興《ふきょう》を買った理由だろうか。だが、ああいう雑用は若い女官がするものだ。女官長の仕事であるはずがない。

それでは、何故……？

まさか、わたしが若いからじゃないわよね。若すぎるから、あなどられているとか。

どんな王妃でも、これから子供を産もうとするなら、ベルテより若いだろう。そんなことで、邪険《じゃけん》にされる理由はない。

とはいえ、今はただ彼女の機嫌が悪いだけなのかもしれない。エレディアは自分の身の回りで、事を荒立てたいとは思わなかった。これから、嫌でもここで一生暮らさなくてはならないのだ。特に、女官長とは上手くやっていきたかった。

エレディアはにっこりと笑いかけた。

「陛下はもう朝食を召し上がったのかしら」

「ずいぶん前に済ませておいでです。陛下は朝早くから執務《しつむ》に携《たずさ》わっていらっしゃいますから。もちろん……王妃様はお好きな時間に召し上がればいいでしょう。特にご用事もないでしょうし」

起きるのが遅いと、嫌味を言われたような気がした。そして、何もすることがないことも、皮肉られたようだった。

起床時間は好きなようにしていいと聞かされていたし、しばらくの間は、慣れるまで公務はないと言われている。王妃として、決められていることは守るつもりだが、王宮の中には自分が知らない決まりごとがあるのだろうか。たとえば、規則としてあるわけではないが、慣例としてこうすべきだとか……。

しかし、それを教えてくれるべき女官長が、こんなに敵意を丸出しにしているのを見ると、なんだか聞きにくい。

いや、敵意が丸出しだと、決めつけてはいけない。ひょっとしたら彼女は単にこういう喋《しゃべ》り方をする人なのかもしれないし、それこそ機嫌が悪いだけなのかもしれない。悪意や敵意を持っていると考えて、王妃たる自分が彼女につらく当たってはいけないと思った。

「陛下は何時に起きられるのかしら。わたし、同じ時間に起きて、朝食を一緒にいただきたいわ」

アールストと朝食を共にしたいと、自分が本当に思ったかどうかはともかくとして、なんだかそうすべきなような気がしてきた。

「陛下が王妃様と朝からお顔を合わせたいかどうかは、存じません」

ベルテはつっけんどんに返した。

その無礼さには、さすがのエレディアも凍りついた。だが、同じ部屋の隅に控《ひか》えている他の女官が興味を露《あらわ》にしているのを見て、この場で諫《いさ》めるのはやめにした。彼女にも女官長としての立場があるだろう。頭ごなしに注意されたら、これからやりにくくなるかもしれない。

「……そう。それなら、別に構わないわ」

エレディアは涼しい顔でやり過ごした。屈辱を感じさせられたという顔をしては、ベルテを喜ばすだけかもしれないからだ。

それにしても、アールストはもう仕事に取り掛かっているという。王がどれだけ忙しいのか知らないが、昨夜の仕打ちを考えれば、少しくらい自分のために時間を作ってもいいはずではないだろうか。

いや、違う。自分達は普通の夫婦ではないのだ。彼の目当てはエレディアの血筋だ。そして、彼女が産むであろう世継ぎだ。だから、夜以外に彼女に用事はない。もっと言うなら、用があるのはベッドの中だけだ。

王妃としての公務が始まれば、少しは気が楽になるかもしれない。人前に出て、社交的な会話をすることで、気が紛《まぎ》れるだろう。少なくとも、寝所でしか王に会わないというよりは、ずいぶんマシだ。

だって、そんな仕事なら、寵姫でも務まるわ……。

あるいは娼婦でも。

エレディアは目の前に運ばれてきた朝食を見つめ、急激に食欲を失っていった。

朝食を摂った後、エレディアは王宮の中の案内をリアに頼んだ。ベルテが行方《ゆくえ》をくらませてしまったからだ。

頼りになるはずの女官長に嫌われていると判って、エレディアはがっかりした。とはいえ、このままではいけない。夫である王もまったく頼りにはできない。それならば、自分でなんとかするしかなかった。せめて、少しでも楽に暮らせるように、自分のこれからの生活を整えたかった。

午後になり、王妃の間で王妃付きの女官達と話をした。十人ほどいるのだが、どうも、みんなよそよそしい。打ち解けてくれない。これはベルテの差し金なのだろうか。それとも、王宮勤めの女官はみんなこんなふうに、つんとしているのだろうか。

でも、リアはいい娘だわ。気立てがよくて、愛らしい。昨夜、寝支度をしてもらったときも、とても優しくしてくれたわ。

そういえば、女官というのは、良家の娘でなければできない仕事なのだそうだ。貴族の娘も中にはいるという。特に、王妃付きの女官はそうだ。身の回りの世話などの雑用は若い女官がして、他の女官は主に王妃の話し相手などをするという。王妃の言いつけは、彼女達にとっては絶対に聞くべきことだった。

エレディアは今、王妃という女性では最高の身分になっているが、元は大した身分ではなかった。いにしえの一族の娘とはいえ、今の時代、価値のないものと思われていても仕方がない。神秘の力を金貨に換えていたせいで、蔑《さげす》む貴族もいるという。彼女達もそのような目で、自分を見ているのだろうか。

そんな不安を胸に抱きながらも、彼女達に微笑んだ。

「もし、わたしが何か間違ったことをしていたら教えてね」

「あら……。お判りにならないことは、神秘の力で解決できるのでは……？　王妃様はその能力をお持ちですものね。月に向かって何か儀式なさるのかしら。とても楽しみだわ」

一人の女官に辛辣《しんらつ》なことを言われた。彼女はメルメリという名で、エレディアより少し年上のようだった。彼女が発言すると、他の女官は彼女に追従《ついじゅう》するように笑った。

彼女達は王妃である自分をずっとこんなふうに蔑《ないがし》ろにする気なのだろうか。とても信じられない。エレディアが育ってきた一族の中で、こんな悪意に出会ったことは一度もなかった。長の孫娘に対して、誰がこんなことを言えるだろう。

エレディアはショックを受けた。彼女達がこういう態度を取るのに、何か理由があるにしろ、それはエレディアのせいではないはずだ。自分は昨日ここに来たばかりだ。まだ嫌われるほど、接したわけでもない。

エレディアは慎重に言葉を選んで、口を開いた。

「わたしがその力をここで使うことはありません。二度と、わたしの前でそんなことは口にしないように」

メルメリは大きく目を見開いて、傷ついたような表情になった。

「まあ、王妃様。申し訳ありません。わたくし、王妃様をご不快《ふかい》にさせる気はまったくなくて……。そう、神秘の力に憧れていただけですわ、本当に！」

メルメリが大げさに身振り手振りつきで話している間、他に女官はにやにやと笑っていた。

彼女達は信用できない。エレディアはぞっとした。こんな悪意のある人達に頼りながら、暮らしていかなくてはならないなんて……。彼女達はやろうと思えば、エレディアに恥をかかせることができる。王宮の習慣だと言い包めて、何かおかしなことをさせても平気な顔をして、しらばくれるだろう。

彼女達をどうやったら味方に引き入れることができるのだろうか。彼女達の弱点はなんなのか。これは自分と彼女達の戦いだ。このまま引き下がったら、自分は一生、彼女達に馬鹿にされながら生きていかなければならなくなる。

冷たい仮面をかぶることは簡単だが、それでは解決にはならないことが判った。彼女達とは友好を深めなくてはならない。それも、早急に。

そうだ。彼女達まとめて相手にするから、こんなことになるのだ。集団ではなく、個人を相手にすればいい。みんな、ベルテほど手ごわそうではない。

そう思いついて、エレディアはつい嬉しそうに微笑んでしまった。メルメリは話の途中で、きょとんとした顔になった。わざわざ皮肉を込めて演説していたようなのに、エレディアに笑われて、驚いたのだろう。

「面白い人ね、メルメリ。あなたのことがもっと知りたいわ」

「え……？　お、面白いですか？」

彼女は当惑している。他の女官も目を丸くしていた。

「王宮に上がってどのくらいになるの？」

「え……えー、三年くらいです」

「まあ、三年も。それでは、王宮のことはたくさん知っているわね。ここでの暮らしはどうかしら。何か不便はないかしらね」

メルメリにあれこれ質問していると、彼女は皮肉を考え出す暇《ひま》もなくて、いつしか懸命に答えていた。

しばらく質問攻めにした後、エレディアはにっこりと笑った。

「喉が渇いたわね。皆さんでお茶をいただきましょう。用意していただけるかしら」

「皆さんって……私達のことでしょうか？」

「そうよ。わたし、一人でお茶をいただくのは好きではないのよ。だから、これからは特別な用事がない限り、この時間は皆さんと一緒にお茶をいただく時間にするわ。メルメリ、あなたが手配してきてちょうだい。おいしそうなお菓子もあれば、それもね」

お菓子と聞いて、みんなの顔が輝いた。どうやら弱点はそこだった。

「はい、すぐに」

メルメリも嬉しそうにエレディアに一礼して、王妃の間を出ていった。女官は良家の娘だが、王宮勤めはたくさん制約があって、面白くないことも多いのだろう。食事に不自由はないだろうが、お菓子を好きなように食べられるとは、まず思えない。

エレディア自身も甘いものが大好きだった。実は、自分でもお菓子が作れる。料理番に頼み込んで、教えてもらったのだ。

「わたし、焼き菓子が作れるの」

「王妃様が焼き菓子をお作りになるのですか？」

おずおずと、女官の一人が話しかけてきた。

「ええ、どうしても作りたいと料理番に何日も頼んだのよ。それで、やっと教えてくれたわ。みんなが知っているとおり、わたしはつい一月前まで、王妃になるとは思っていなかったんだもの。焼き菓子を作る練習が何かの役に立つと思っていたのよ」

王宮に閉じ込められて、こんな生活を送ることになるとは思わず、小さな家に一緒に住んでくれるような優しい若者が結婚してくれることを夢見ていたのだ。

アールストは結婚の申し込みさえしなかった。勝手に決めて、両親や祖父と話をつけてしまった。エレディアには選択の余地も与えられなかった。というより、脅迫された。自分が漠然《ばくぜん》と思い描いていた将来の夢は、それで粉々《こなごな》になってしまったのだ。

もし、アールストが国王なんかではなく、普通の男だったらよかった。真っ当な仕事をしているただの男なら、もしかしたら恋に落ちていたかもしれない。せめて、あれほど傲慢で冷酷でなければよかったのに。ほんの少しだけでもいいから、花嫁となった自分に、好意を示してくれたら……。

けれども、それはないものねだりだ。いくら求めても仕方がない。エレディアができることは、少しでもこの王宮での生活を居心地よく変えることくらいだった。

やがて、お茶とお菓子の用意ができて、女官達と和《なご》やかな交流を始めた。最初からこうしていればよかった。もっとも、彼女達の弱点がお菓子だなんて、思いも寄らぬことだったが。

突然、王妃の間の扉がノックされた。一人の女官が扉を開けて、応待《おうたい》する。

「王妃様、ルフェル王子様がおいでになりました」

扉が開け放たれると、ルフェルが人懐こい笑顔を見せて、入ってきた。彼の後ろには、いつも彼に付き添っている側近がいる。

「やあ、エレディア。お邪魔してもいいかな?」

ルフェルは気さくな調子で話しかけてくる。彼はいつもそうだ。といっても、会った回数はそれほど多くない。結婚前に三度、それから結婚式と祝いの宴で顔を合わせた程度だ。だが、それでも、彼がとても話しやすく、打ち解けやすい男だということは、よく判っている。

まったく打ち解けることがなさそうなアールストとは、まったく違う。兄弟とも思えぬほどだった。

外見的にも、ルフェルはさらさらした茶色の髪に、茶色の柔和《にゅうわ》な瞳を持っている。大して、アールストは人を射抜くような鋭い目つきをいつもしていた。

「もちろんだわ、ルフェル王子。今、みんなでお茶やお菓子をいただいているところなの。よかったら、ご一緒にどうかしら？」

ルフェルは茶色の瞳を和ませて、周りを見回した。ルフェルが入ってきたので、女官達は一旦立ち上がり、それから部屋の隅まで下がって、腰を落とし、頭《こうべ》を垂《た》れ、まるで置き物か何かのようになっていた。

「お茶会か。いいねえ。和やかで」

ルフェルは乗り気のようだったが、長い黒髪を後ろでひとつに結んだ側近が声をかけてきた。

「王子、本日はそのためにいらしたのではありませんよ」

側近の名前は確かフィリートルだったと思う。ルフェルは彼を信頼していて、いつでもどこでもお供させていると聞いた。公式の場であっても、いつもルフェルの後ろに控えている。ルフェルが何か間違ったことをしたときには、こうやって母親のように口を出すのだ。

「ああ、そうだった。兄上からあなたのために捜すように言われていたものが見つかったから、届けに来たんだよ」

ルフェルはフィリートルが持ってきた籠《かご》を受け取り、それをエレディアに差し出した。

籠には布がかぶせてある。なんだろう。果物か何かだろうか。

「ありがとう。何かしら」

籠を受け取り、エレディアは布を取り去った。すると、そこには柔らかいクッションの上ですやすやと眠る一匹の子猫がいた。青みがかった白い身体に、耳と脚と尻尾《しっぽ》の先が茶色の美しい猫だ。きっと異国から取り寄せた猫に違いない。

「まあ、可愛い……」

あのアールストがわざわざこの猫を自分への贈り物にしようと考え、弟に頼んだのだろうか。信じられない。

だが、彼はエレディアのことを、気位の高い猫だと言った。だから、エレディアのことを考えて、この猫を贈ることに決めたのだろう。エレディアは急に胸の中が熱くなった。今まで冷たい男だと思っていたアールストにも、実はちゃんと温かい心があるのだと思うと、嬉しくてならなかった。

夫からの贈り物を喜ばない妻がいるだろうか。しかも、その贈り物が生きた猫なら、尚更だった。

子猫の耳がぴくぴくと動いたかと思うと、目を開けた。その瞳は水色だった。

確かにこの子猫は大きくなったら、きっと気位の高い猫になりそうだ。

「男の子かしら。それとも、女の子？」

「兄上はメスがいいと。でも、新妻への贈り物にしては変わっているね。あなたは猫が好きなの？」

「ええ……！　大好きよ」

エレディアは籠から猫を抱き上げて、胸に抱いた。みゅーというか細い声と共に、子猫は小さな爪をエレディアのドレスに立てた。その仕草も声も、愛らしくて仕方がない。

今朝は最悪な口々が始まると覚悟していたが、どうやら王宮での生活はそこまでひどくないようだった。女官はベルテを除いて少し好意的になってくれたし、夫からはこんなに嬉しい贈り物が届いた。

多くのものを望みさえしなければ、それなりに幸せなのかもしれない。彼女はそう思った。そして、顔を上げて、再びルフェルにお茶を勧めた。彼はまだ立ったままだったからだ。

「いや……。今日はいいよ。用事があるから……。でも、また来てもいいかな？　こういう和やかな集まりが好きなんだ」

ルフェルは本気でそう言っているようだった。彼はやはりアールストとはずいぶん違う。アールストなら、女官とのお茶会など鼻で笑うだけだろう。ひょっとしたら、こんな馬鹿な真似はするなと言うかもしれない。

「ええ、ぜひまたいらして。用事がなければ、わたし、午後のこの時間にこうしてお茶をいただきたいと思っているのよ」

ルフェルは目を細めて微笑んだ。

「あなたは音楽が好きかな？　本は？　何か読んだりする？」

「どちらも大好きよ」

「それなら、話が合いそうだ」

ルフェルの後ろから、またフィリートルが何か囁《ささや》いた。フィリートルは切れ長の目をちらりとエレディアに向ける。彼の表情は読めなかったが、その目つきからすると、大切な王子がエレディアと関わることを懸念《けねん》しているようにも思えた。

「ああ、判った。そんなに急かすなよ」

ルフェルはフィリートルに返事をすると、エレディアに微笑みかけた。

「今日のところはこれで。またお目にかかりましょう」

エレディアはソファから立ち上がった。

「ええ。本当に今日はありがとう」

ルフェルは胸に手を当てて、丁寧にお辞儀をしてから、部屋を出ていった。もちろん、フィリートルもルフェルよりもっと深いお辞儀をして、彼の後をついていく。

エレディアは腕の中の子猫に視線を向けた。水色の目がエレディアをじっと見つめている。女官達が子猫を見るために、遠慮しながらも近寄ってきた。

「王妃様、大変可愛らしゅうございますね」

女官達はにこにこしている。彼女達の弱点はここにもあった。可愛い生き物が好きなのだ。この子猫はきっと彼女達の人気者になるだろう。

「ミルクを用意致しましょうか？」

子猫はみゅーみゅーと鳴き声を上げている。きっとお腹が空《す》いているに違いない。

「ええ、お願いするわ」

別の女官が笑顔でエレディアに尋ねた。

「この子の名前はお決めになりましたか？」

「そうね……。ミュウにするわ」

エレディアはあまりのいとおしさに、ミュウを抱き上げて、その柔らかい毛に頬擦《ほおず》りをした。


夕食の時間には晩餐《ばんさん》の間へと案内された。その役はベルテがしたが、彼女は機嫌が悪かった。朝も不機嫌だったが、今はそれ以上だった。

というのは、女官とのお茶会を知ったからだった。自分が誘われなかったので怒っているのではなく、エレディアが王妃らしからぬ振る舞いをして、冷ややかだった女官につけたことを怒っているようだった。彼女は女官長なのだから、本来ならもっとエレディアの傍にいて、手助けをしなくてはならないのに、当の彼女が用事を作って雲隠れしていた。だから、お茶に誘えなかったのだが、もちろん誘っていたとしても、嫌味を言われただけだろう。

とにかく、ベルテは何故だか、エレディアに敵意を抱いている。理由は判らないが、彼女の言葉の端々《はしばし》にそれが窺われた。エレディアはそのことで途方に暮れていたが、そのうち彼女にも何か弱点が見つかり、もっと愛想よくしてくれるようになるかもしれない。

当面は……とりあえずこのままでいい。態度が悪いからといって、すぐに彼女を辞めさせるのはよくないだろう。他の女官の反感を買うことになってしまう。

「王妃様がお成《な》りです」

晩餐の間に着くと、ベルテは声を張り上げた。そこには朝食の間より大きなテーブルがあり、アールストが気《け》だるげに上座に着いて酒を飲んでいたが、エレディアを見ると、顔を強張らせた。まるで彼女に対して何か気に食《く》わないところでもあるかのように、鋭い目つきで見たのだ。

昼間より綺麗に装っているのに、彼はそのことで特に感銘《かんめい》を受けた様子もなくて、エレディアはがっかりした。多くを望んではいけないと、彼女は今日だけでも何度も自分に言い聞かせてきたが、一日の終わりにこんなに落胆《らくたん》することになるとは思わなかった。

いや、まだ一日の終わりというわけではない。王の妻として、大事な務めがまだ残っていた。

エレディアはアールストに会釈《えしゃく》をして、それから自分の席に着いた。アールストの席からはずいぶん離れている。これでは、ろくに話もできないし、一緒に食べる意味がないと思った。しかし、この豪華で広い部屋で一人きりで夕食を摂るのはもっと居心地が悪いだろう。

「あの……ルフェル王子は？」

せめてルフェルがいてくれれば、気まずさが減ると思い、彼の名を出した。

「ルフェルは私達に遠慮して、別の部屋で食べるそうだ」

「遠慮なんてなさらなくてもいいのに。ルフェル王子は今日、わたしの部屋にいらしたわ。陛下、素晴らしい贈り物をありがとうございました。あの子の名前はミュウにしたのよ。小さくて、可愛くて……大事に育てるわ。本当に……」

「猫のことなんか、どうでもいい！　ルフェルのこともだ」

彼は苛々《いらいら》とした様子で、エレディアの言葉を遮《さえぎ》った。

「でも……あの猫はわざわざわたしのために異国から取り寄せてくださったのでしょう？」

「私にとっては大したことではない。誰かに命令を下せば済むことだ。『わざわざ』でもない」

確かに、アールスト自らが条件に合う猫を捜したわけでもないだろう。しかも、それを弟に届けにいかせた。忙しかったのかもしれないが、アールストに直接贈られていたら、もっと嬉しかったに違いない。

いや、そんなことを望んでも仕方ない。それに、彼は誰に届けさせても同じだったろうに、弟王子に頼んだのだ。だとしたら、少しくらい優しい気持ちがあるかもしれない。

「あなたは……気位の高い猫みたいだって、わたしに言ったわ……。だから、わたしのことを考えて、贈ってくれたと思ったのよ」

アールストは鼻で笑い、ゴブレットを傾け、酒を飲んだ。

「あれはただの猫だ。暇潰しになるかと思っただけで、そんな意味はない」

エレディアは彼にはねつけられて、涙が出そうになったが、もちろんこんな場所で泣くわけにはいかない。給仕するために召使いが立っていて、当然のことながら見られているからだ。それに、会話だって、聞かれてしまっている。

こんな距離では、二人だけで囁き合ったりということもできない。もっとも、今夜のアールストは不機嫌そうで、囁くどころではないが。

「ベルテに聞いたが、女官とお茶会のようなことをしたようだな」

どうやら、彼の不機嫌の理由はそこにあるらしい。ひょっとしたら、ベルテは彼にエレディアのことを報告する義務を負《お》っているのだろうか。それなら、彼女が強気で態度が悪いのも頷ける。エレディアが彼女を辞めさせようとしても、アールストが拒否するからだ。女官長は王妃に仕えているはずだが、すべての人事権はもちろんアールストが握っている。

「女官達はわたしになかなか心を開いてくれないから、雰囲気をよくするために行なったことよ。これからも続けるわ。必要なことだから」

「雰囲気だと？　女官は命令される者達だ。王妃が気遣うべき相手ではない。そんなことをしていると、敬《うやま》われず、馬鹿にされるだけだ」

「すでに馬鹿にされていたから、敬意を取り戻すためにやったことよ」

「……馬鹿にされた？　王妃のおまえを誰が馬鹿にすると言うのだ？」

アールストはテーブルを拳《こぶし》で叩き、立ち上がるほど激昂《げっこう》していた。エレディアも驚いたが、召使いも驚いている。

「お座りになって。あなたが馬鹿にされたわけではないんですもの」

静かな声で諭《さと》すと、アールストは気を取り直したように座った。だが、その表情はまだ冷静ではないようだった。

「妃を愚弄《ぐろう》する者は、王を愚弄しているのと同じことだ！」

「王妃ではなく……レジン一族を馬鹿にしていたのね。神秘の力に頼る一族で、別に高貴でもなんでもない家柄の娘だから。あなたがもっとしかるべき家柄の娘を王妃にすると思っていたのよ。それが……礼儀作法もあまりよく知らないような娘が、突然やってきて王妃になったから、戸惑うのも当たり前よ。悪気はないと思うわ」

本当はかなり意図《いと》的に貶《おとし》めようとしていたのだが、お菓子程度で寝返ってくれたのだから、そこまでの悪い人達ではなかったのだと思いたい。

「王族にもレジンの血は混じっている。それに思い至《いた》らぬなど、それこそ愚《おろ》か者だ」

「もういいのよ。それはもうだいたい解決したから」

「解決しただと？　どうやって？」

「だから、お茶会で。男性ならお酒を酌《く》み交わすところを、わたし達はお茶とお菓子で和やかになれるの。おかげで、わたしの命令は聞いてもらえるようになったわ」

アールストは口を開いて、何か言いかけたようだったが、急に笑い出した。明るい笑い声で、エレディアはそれを聞いて、ほっとした。

「おまえはなかなか悪賢《わるがしこ》い」

悪賢いなんて、どう聞いても悪口なのだが、何故だか彼女はそのとき褒《ほ》められたような気がした。王宮でちゃんとやっていける女だと、認められたような気がしたのだ。

王宮はたくさんの人が集まっている。それも、下働きのための下層の人間から、国を動かす力を持った上層の人間もいる。エレディアの想像以上にいろんな関係や感情、それから陰謀《いんぼう》が渦巻いていても、おかしくはない。その中で、エレディアは王妃として上手くやっていかなければならないのだ。

わたしはそんなことに負けたくないから……！

ベルテがアールストの間者《かんじゃ》で、自分のすべてが筒抜けだったとしても構わない。特に恥じるようなことは、何もしてないからだ。彼こそ恥じるべきだ。王妃のために働くべき女官長を間者として使うなんて。

もっとまともな人だと思いたいのに……。

今のところ、彼はことごとくエレディアの気持ちを裏切っている。あの可愛い子猫でさえ、彼にとっては本当にどうでもいいことだったのだろうか。

やがて、料理が運ばれてきた。祝いの宴では、今まで食べたことのないような豪華な料理がたくさん出てきたが、ごく普通の料理で、ほっとする。豪華な料理など無駄遣《むだづか》いだと思っていたが、きっとアールストも同じ意見なのかもしれない。

アールストが彼女のほうを見ていた。こちらもアールストのほうを見ていたから、二人の目は合ってしまった。

彼の瞳が今度は怒りではなく、別のことで燃え上がった。昨夜のことを思い出し、エレディアは頬を熱くする。落ち着かなくなって、そわそわしてしまう。

目が合っただけで、こんな状態になるなんて、どうかしている。

だって、まだ食事中なのに！

もう寝所のことを考えているなんて、わたしは悪賢いというより、単なる間抜けかもしれない。

「酒を……飲むといい。気持ちが鎮まる」

そんな言い方をすると、エレディアがまるで緊張しているようだ。とはいえ、緊張などしないとは言い切れない。昨夜の思い出はあまりいいものではなかった。

いや、途中まではよかったのに、最後の最後でアールストはエレディアを辱めたのだ。世継ぎをつくる仕事はあれでいいのだろうが、せめてもう少しだけ彼の腕の中にいたかった。あの行為の後、優しくキスされることを望むのが、そんなに悪いことなのだろうか。

自分の目の前のゴブレットに酒がなみなみと注がれる。エレディアは半分やけになって、無造作にそれを傾けた。

身体が火照《ほて》ってくる。それが酒のせいなのか、それともアールストの熱い視線のせいなのか、もう判らなくなっていた。

晩餐の間から、エレディアは連れ出され、寝所に来ていた。目の前にあるのは彼女のベッドではなく、アールストのベッドだ。

同じような四柱式で天蓋《てんがい》があるものだが、エレディアのものより更に巨大だった。国王のベッドなのだから、当たり前かもしれないが、これを見ているだけで何故だか鼓動が速くなってきた。

「エレディア……」

肩を抱かれて、ビクッとする。アールストにはそれが気に食わないようだった。

「おまえはもう乙女ではない。どうして、そんなに緊張するんだ？」

「ま……まだ慣れてないから……」

それ以上に、アールストに対して警戒心があるからだ。昨夜、彼はエレディアと身体を繋げるのは世継ぎのためだけで、そうでなければ抱きたくなんかないといった態度だったのだ。まるで汚《けが》らわしいもののように、ベッドの上に置き去りにしたくせに、彼は緊張していると文句を言う。

「おまえがいくら緊張したところで、まるで意味はない。純情なふりをしても無駄だ」

彼はまた辛辣《しんらつ》な言葉をエレディアにぶつけてくる。どうして彼がこんなふうにつらく当たるのか、彼女にはさっぱり理解できなかった。

「わたしは別に……」

「うるさい。喋るな」

小さな声で叱《しか》ると、アールストは唇を塞《ふさ》いできた。これでは、彼には文句を言うこともできない。こうして実力行使《こうし》に出られたら、何も言えなくなるに決まっている。

昨夜のキスとは違って、穏やかで優しいキスだった。彼はエレディアの上唇と下唇を別々にそっと自分の唇で挟んで、しかも舌で愛撫していく。背筋からぞくぞくするような快感が這い上がってきて、どうしようもなくなった。

ダメ……。ダメよ、彼のキスに屈《くっ》しては。

けれども、唇を触れ合わせるだけで、エレディアの理性は吹き飛んでいた。舌を入れられたときには、もう身体に力が入らず、彼にもたれかかってしまっている。彼のキスは即効の媚《び》薬《やく》か何かのようだった。

エレディアは昨日の仕打ちに傷ついていて、それを謝ってほしかった。だが、彼は謝る気配もない。ただ、彼はエレディアを支配して、言うことを聞かせたいだけなのだ。

「ん……っ……」

鼻に抜けるような甘い声を出しているのは、自分だけだった。昨夜のような体験ならもう一度してみたい。エレディアはそのことしか考えられなくなっていた。

彼女の身体は蕩《とろ》けていた。すべて彼の言いなりだ。彼にしてみれば、大した努力も必要ではなくて、まったく退屈なことかもしれない。

そう考えながらも、エレディアはまっさかさまに欲望の渦《うず》に飛び込んでいた。

きつく抱き合いながら、ベッドに倒れ込んだ。自分はこんなにも彼を欲しがっている。それを抑えることはできなかった。

唇が離れ、別の場所へとキスをしてくる。耳朶《みみたぶ》を唇に含まれ、身体がぞくぞくしてきた。ツキンと痛みが走り、彼が歯を立てたのが判る。野蛮だが、何故だかエレディアは彼がそんな振る舞いをすることが嬉しかった。

だって……これは彼にとって義務ではないような気がするもの。

エレディアとこうしてベッドを共にすることが、義務でしかなかなら、きっと彼はこんな面倒くさい真似はしないだろう。戯《たわむ》れに耳朶を噛むなら、少しは彼もこの行為を楽しんでいるということだ。

たとえ、最後は苛立《いらだ》たしげに、彼女を置き去りにするにしても。

でも、ここは彼のベッドだわ。わたしを置き去りにはできないはず。

その代わり、彼はエレディアを追い払うのかもしれない。さっさと出ていけと。まるで娼婦のように追い立てて、二人の部屋の間にある扉を閉めてしまうかもしれない。

昨夜は悲しかった……。

屈辱より何より、悲しかった。無理やり結婚させられたのに、夫に拒絶されるなんて、悲しいに決まっている。せめて身体だけでも愛してほしい。欲望だけでもいいから、抱いていてほしい。

そうでなければ、自分はただの道具ということになる。世継ぎを産むためだけの道具で、それが終わったら、彼にとってなんの意味もない存在になってしまう。

昨夜と違って、今夜はまだ寝支度をしていない。あの薄布のローブではなく、普通のドレスを着ているので、彼はそれを脱がせていった。荒々しく剥ぎ取られ、布が破れてしまうかと思ったくらいだ。

たちまち一糸まとわぬ姿にされた。彼はまだ夕食のときの服装のままだ。そんな姿で見下ろされていると、自分が凌辱されているような気がしてくる。彼は隅から隅まで、彼女の身体を見つめていた。

「また緊張するんだな。そんなに私に抱かれるのが嫌なのか？」

「い……いやだなんて……」

昨夜、言われたばかりだ。嫌だと言ったら承知しないと。彼は暴君だ。自分の妃に対して、どんなことをしようが、彼の好きにできるのだ。そこまで残酷な人間でないことを祈るばかりだが、やはり彼女はアールストが怖かった。

「そうだろうな。嫌なら、あんなに乱れたりしない」

彼は容赦《ようしゃ》なくエレディアを傷つける。そして、それにはどんな凶器も必要ではなかった。彼は言葉だけで、彼女を容易《ようい》に傷つけられるのだ。

アールストは手を伸ばして、彼女の片方の乳房を手で覆《おお》った。我が物顔でそれを柔らかく掌で揉《も》むような仕草をしたかと思うと、乳首を指で弄《いじ》った。彼の手の中で、彼女の乳首はすぐに硬くなってきた。

エレディアはすぐに身体の疼《うず》きを感じて、その切なさに眉を寄せた。彼にそんな反応も冷たい目で観察されている。それがたまらなく嫌だった。情熱のままに抱いてほしい。彼が冷静でいることに耐えられなかった。

「キスして……」

気がつくと、エレディアはそう懇願《こんがん》していた。アールストは驚いたように眉を上げた。

「ほう……。おまえからそんなことを言い出すとはな。どこにキスしてほしいんだ？」

「どこでも……。あなたの好きなところにして」

少なくとも、キスしているときには、こんなふうに冷たい目で見下ろされることはない。そのためなら、彼にどんなことをされてもよかった。どんな恥ずかしい目に合わされてもいい。

「どこでもいいはずがない。……はっきり言うんだ。どこにキスされたい？」

アールストは彼女の両方の乳房を愛撫した。そして、乳首を指で摘《つま》み、それに力を加えた。

「やっ……！」

エレディアはさっと顔色を変え、目を大きく見開いた。一瞬、彼がその部分を指の力で握り潰すような気がして、恐怖に襲われたのだ。だが、彼はそんなことはしなかった。すぐに力を緩め、何事もなかったかのように指の腹でそこを撫でた。

「……優しくして。お願い」

乱暴にされることは怖かった。心はとうに傷つけられているが、身体まで傷つけられたくない。もっとも、彼が健康な世継ぎを望むなら、それは当然のことだったが。

「おまえが強情を張らなければ、優しくする」

自分がどんな強情を張っているのだというのだろう。エレディアは彼が望んでいることが、よく判らなかった。

「さあ、どこにキスしてもらいたいんだ？」

「本当に……どこでもいいの……！　あなたが夢中になってキスしてくれるところなら、どこでも……！」

叫ぶように本音を言ってしまって、エレディアは後悔した。自分の胸の内を打ち明けても、いいことは絶対にない。その証拠に、アールストは彼女の乳房に手をかけたまま、固まってしまったからだ。

「私が……夢中でないと言いたいのか？」

彼の嘲笑うような低い声に、エレディアは何故だか身体の芯が熱く反応した。彼の眼差しが焼けつくようなものに変化したからだった。

「残念ながら、これほど夢中になったものはないさ」

彼はエレディアのふたつの乳房を外側からぎゅっと中央に寄せた。中央に盛り上がった乳房に、彼はむしゃぶりつくようにしてキスをした。

「あっ……あっ」

まるで嵐に巻き込まれたような気がした。彼の巻き起こす激しい嵐に翻弄されて、エレディアは戸惑いながらも満足だった。

彼の情熱が欲しい。冷ややかな目でもう見られたくない。熱い欲望で満たされてしまいたい。

今、エレディアが彼に望むことは、それだけだった。

優しさだとか、愛情だとか……。

望んでも仕方がない。求めても、きっと彼は与えてくれないだろう。結婚二日目にして、エレディアは思い知ったような気がしていた。

それなら、今、あるもので満足したい。彼がこうして自分の身体を激しく求めてくれるなら、エレディアも同じものを返そうと決心した。

緊張に固まっていた彼女の身体は、柔らかく変化していた。彼を求める気持ちだけで、こんなふうに身体の状態までも変えてしまうのだ。

乳首を含まれ、キュッと吸われた。

「ああっ……！」

エレディアは身体をしならせた。

「……痛いのか？」

彼女はかぶりを振った。

「もっとして。……もっと」

彼女は再び顔を埋めたアールストの頭をかき抱いた。彼が熱情の虜《とりこ》となればなるほど、エレディアも自分の身体に渦巻く疼きにのめり込める。今、このときだけ、彼女は身も心もアールストのものだった。

彼にすべてを捧げる……。

その考えは、エレディアの頑《かたく》なな心を溶かしていく。もちろん、彼に心を奪わせたりしない。ベッドの中にいる今だけだ。

アールストの口づけは胸より下へと移っていく。腰骨の辺りに鋭い痛みが走った。彼はそこを吸い、赤い印をつけていた。

誰にも見えないその場所に、彼は自分のものだという確かな印をつけた。エレディアは気がつくと、自ら脚を開いていた。彼を受け入れる準備をしていたのだ。

彼はエレディアの両脚の間に顔を埋めていく。激しい愛撫で我を忘れるほどだった。特別に敏感な花芯を舐められ、あまりの快感に息も絶え絶えになる。しかも、蜜が溢れている秘裂に指を挿入されてしまった。

熱い疼きが指でかき回されることによって、もっと大きくなっていく。彼の舌と指が同時に彼女を愛撫して、更に大きなうねりへと追い立てた。疼きは痺《しび》れに変わり、それは身体の芯からぐっとせり上がってくる。

ダメ……！

彼女はそれを止めようとした。しかし、止めることなどできずに、全身を強張らせた。その瞬間、彼女は昨夜のように強い快感が身体を貫いていくのを感じた。

エレディアは達した後も、余韻の中で、身体が痙攣《けいれん》するように動くのを感じていた。大きく息をつくと、アールストが指を引き抜き、身体を起こした。彼は素早く自分が着ているものを取り去っていく。

この余韻《よいん》が去る前に、彼とひとつになりたかった。ドキドキしながら待っていると、彼も一糸まとわぬ姿となった。

彼の股間のものが硬くそそり立っている。やはり、視線はそこに向かってしまう。あれが昨夜、自分の中に埋められたものなのだ。

アールストはふと何かを思いついたように、唇を歪《ゆが》めて笑った。そして、彼女の腕を引っ張り、身体を起こす。

「な……何？」

当然、この後は貫かれると思っていたのに、そうではなかったから驚いたのだ。

「おまえが緊張するのは、この行為をよく知らないからだ」

もう充分、判ったと思うのに、これだけでは足りないのだろうか。エレディアは驚きながら、手を引かれて、彼のものに触れた。

もちろん初めて触った。自分にはない器官だからだ。彼女は恐る恐るそれを握ってみた。表面はもちろん柔らかいが、中がとても硬い。思わず、握ったまま、手を滑らせてみた。

「これは……興奮するときだけ硬くなるんだ。ちょうど今のようなときに……」

「普段は違うの？」

エレディアは驚いて、手の中のものに視線を這わせた。

「そうだ。もう少し強く握ってくれ。こんなふうに」

エレディアの手の上から彼の手が包み込んできた。そして、そのまま彼は上下に手を動かした。

「こんなふうに刺激すると……男は気持ちがよくなる」

彼が手を離したので、エレディアは自分で手を動かしてみた。なんだか恥ずかしかった。自分がされることを受け止めるのとは違う。自ら彼に快感を与えていると、自分がもっと淫らな女になったような気がして仕方がない。

「……口でできるか？」

「え？」

エレディアは驚いて、彼の顔を見上げた。彼は無表情でじっとエレディアを見返したが、唇を歪めて微笑んだ。

「口だ。私がしたのと同じことだ」

彼はエレディアの脚の狭間にキスをした。いや、キスだけではなく、舌や唇で愛撫してくれた。同じように彼女にもしろと要求しているのだ。

わたしが……？　そんなことを？

もう一度、手の中に目をやる。硬く怒張しているものも、今は怖くない。最初に見たときは、ずいぶん恐ろしげに見えたものだが。

エレディアはすっと身を屈《かが》めて、手の中のものにキスをした。アールストは彼女が本当に指示に従うとは思っていなかったのか、一瞬ビクンと身体を揺らした。

彼の前でひれ伏すような格好でいることに、胸の痛みを感じたが、それを振り払って、もう一度、唇をつける。そして、彼がしてくれたように、舌で舐めてみた。こんなふうにして、彼が気持ちいいのかどうか、よく判らなかったが、とにかく懸命に奉仕をしてみる。

そう……。これは奉仕だ。彼が望んだから、しているだけだ。別にわたしがやりたかったわけじゃない。

それでも、これで彼が快感を得ていると思うと、何故だか自分も興奮してきてしまった。

「口に……含んでくれ」

彼の掠れた声を聞いていると、脚の間が燃えるように熱くなってくる。エレディアは彼の言うとおりに、それを口に含んだ。まるで自分が彼を操っているようだった。舌を絡めて、唇で愛撫していくと、彼はエレディアの髪の中に指を差し込んでいき、何度も髪を梳《す》くような仕草をした。

「ああ……エレディア……」

その声の甘ったるさに、間違いなくアールストが感じていることが判る。エレディアは彼を懸命に追い立てていく。自分が感じたような深い快感へと。

しかし、それは途中で中断させられてしまった。

「顔を上げるんだ！」

上擦るような声で命令されて、エレディアは顔を上げた。すると、背中がしなるほど強く抱き締められて、そのままベッドへと押しつけられる。

「アールスト……！」

ぐっと突き入れられて、一瞬、息ができないかと思った。しかし、痛くはなかった。それどころか、待ち焦《こ》がれていたものがやってきたような、そんな気がしてならなかった。

彼は昨夜ほどの余裕がないように見えた。腰を引き、また奥まで突き入れ、それを繰り返す。エレディアに対する優しさなど、そこにはない。

でも……。

彼の気持ちが、わたしにも判る。

彼女もまたすぐにでも昇りつめたい気持ちでいっぱいだったからだ。他のことはどうでもいい。ただ、あの一瞬の絶頂《ぜっちょう》に辿《たど》り着きたかった。

エレディアは彼の首にしがみつき、彼の両脚を腰に絡めた。

もっと近くに。もっと傍に彼を感じていたい。

やがて、二人の間に火花が散るような大きなうねりがやってきて、そのまま達していた。

「あぁっ……ぁぁっ！」

二人はしばらく荒い呼吸が収まるまで、じっと抱き合っていた。激しかった鼓動もあれほど熱くなっていた身体も、時間が経てば鎮まっていく。

わたしはずっとこのままでいたいのに……。

彼が離れたら、昨夜のようにきっとまたよそよそしくなる。この部屋を出ていけと言われるのかもしれない。それはつらかった。

彼がエレディアに優しくする理由はない。それは判っているが、こうして身体を繋げるのだから、少しくらい優しいふりをしてくれてもいいと思う。それとも、そういう考えは、自分の甘えなのだろうか。

彼は王の義務を遂行《すいこう》しているだけなのかもしれないのに。

その考えは、エレディアの頭を急激に冷えさせた。

このベッドにいるのは、新婚の夫婦というだけではない。王と王妃だ。契約に基《もと》づき、世継ぎをもうける。言い換えれば、ここはそのためのベッドであって、身体の結びつきによって得られる快感でさえ、二の次なのだった。

まして、愛だの優しさだの気遣いだの……。

彼に求めるのは筋違いだということだ。

判っているのに、どうして自分の心は、こんなに得られないものを欲しがってしまうのだろう。

アールストのことなんか、好きではないはずなのに。大嫌いなのに。

エレディアの心は揺れていた。自分の心が自分でも判らない。

アールストはゆっくりと身体を起こした。エレディアが嫌いな、冷ややかな目つきで見下ろしている。

「今日はなかなかよかった」

彼はそう言いながら、エレディアの胸の中央を人差し指でなぞった。

「なかなか……?」

彼にとっては、その程度なのだろうか。彼女はとても傷ついた。結局、感じていたのも、乱れていたのも、自分だけなのかと思ったら、たまらなく恥ずかしくなってくる。

「おまえはもっと私を喜ばせるようにするべきだ」

「でも……判らないわ。あなたがどうやったら喜ぶのか」

彼は今日のようなことをさせておいて、まったく喜ばなかったというのだろうか。そんなことは嘘だ。いや、嘘だと思いたい。全裸で彼の前にひれ伏すような格好で、彼のものを口で愛撫したのに、それさえ喜びではないと言われたら、どうしたらいいのか判らなかった。

アールストは人差し指でエレディアの顎のラインをなぞり、親指で下唇を撫でた。

「これから、いろんなことを教えてやる。夜が退屈にならないようにな」

「あなたは……退屈だったの？」

エレディアは呆然として尋ねた。あれほど激しく抱いておきながら、退屈だったというのだろうか。

本当に？　本当にそうなの？

「おまえがいろいろ覚えてくれれば……私も寵姫などつくらずに済む」

その言葉に、彼女は打ちのめされたような気がした。

寵姫……。

そんなものに、彼を奪われたくなかった。エレディアは自分でも今まで知らなかった感情が湧き起こってくるのを感じた。

それは、焼けつくような鋭い痛みを持つ感情だった。

彼が今までどれだけの女性と、こんなことをしてきたのか知らない。知りたくもない。

しかし、結婚してから、誰かに夫を奪われたくなかった。それを止める権限が自分にないことは、よく承知していたが、それでも絶対に許せないと思った。

それと同時に、安堵する気持ちもあった。今までは、彼には寵姫と呼べる女がいなかったのだ。

「わたし……わたし……あなたの言うとおりにするわ」

よく考えもしないうちに、彼女はそう口走っていた。アールストはそれを聞いて、口角を引き上げ、微笑んだ。

「いい子でいれば、また贈り物もしてやろう」

いいえ、そんなものはいらないわ。

エレディアは心の中でそう答えた。

彼は身体を離して、彼女の横に仰向けになって転がった。そして、大きく息をつく。

エレディアはどうしていいか判らず、身体を起こして、彼を見下ろした。彼はもう瞼《まぶた》を閉じている。

このまま寝るつもりなのかしら。

「わたしはどうすればいいの？」

彼の瞼は開いた。彼の瞳にはなんの表情も映されていない。

「ここで眠ればいい。夜明け前に……またおまえが必要となるかもしれないからな」

それは、もう一度、抱くかもしれないということだろうか。

必要となるかもしれない……なんて、わたしは道具じゃないのに。

それでも、彼が望めば、自分は身体を差し出してしまうだろう。寵姫などに、彼を奪われたくない一心で。

そして、身体が彼を欲してしまうから……。

エレディアは自分が哀《あわ》れに思えてきて、仕方がなかった。


一ヵ月も経つと、徐々《じょじょ》にエレディアも王宮での生活に慣れてきた。

王妃としての公務も始まったが、今のところ国王夫妻として公式な場に出て、挨拶や会食をするくらいだった。妃という立場は、国王の添え物のようで、もちろん一番大事なことは世継ぎを産むことだった。

その代わり、アールストの忙しさに比べると格段の余裕があり、王宮の中にいる限り、王妃はなんでも許された。ベルテが難色を示したお茶会も、用事がない限りは毎日続けている。最初は成功したかのように見えたお茶会だったが、ベルテがどうしてもこちらになびいてこないので、女官の中でもエレディアにつく派と、ベルテにつく派に分かれてしまい、それはそれで困ることになってしまった。

何故なら、王宮の作法をよく知っている古参《こさん》の女官がベルテの側についてしまったからだ。宮廷行事やその準備の指示など、王妃としてやるべきことをよく知っている女官達が味方になってくれず、これから先、ますます困ることになるだろう。

王宮内の細々としたことは、女主人である王妃の管轄《かんかつ》であり、何かあれば自分の責任となる。もっと隅々まで目を光らせたいのだが、手足となって動くはずのベルテが上手く動いてくれないのだ。嫌味を言うくらいならいいのだが、最近では間違ったことを伝えてきて、こちらが恥をかくこともある。

本人に叱責《しっせき》したこともあるが、自分は間違っていないと言い張るのだ。アールストに言ってみたのだが、逆にそれくらいのことを処理できないのかと叱《しか》られてしまった。彼にしてみれば、女官のことで煩《わずら》わされるのは嫌だろう。王はただでさえ多忙《たぼう》だ。最近では、公務以外で、食事を共にすることもなかった。

ベッドだけはいつも同じだった。彼はどんなに遅くなろうとも、必ずエレディアの元へとやってきた。疲れ果てていて、何もせずに眠ってしまうときもあったが、とにかく毎晩、彼と同じベッドで眠れた。

彼を独占できるのは、その時間しかなかったから……。

エレディアはいつしか夜になるのを楽しみにしていた。アールストがどんな男だとしても、結局、夫は彼で、エレディアが第一に頼るべき相手は彼だった。追従してくれる女官はいたが、彼女達だって、いつ自分に背を向けるか判らない。王宮の中は混沌《こんとん》に満ちていて、エレディアはできればそれに巻き込まれたくなかった。

いつものように朝食を摂った後、王妃の間へと向かおうとすると、ベルテが意味ありげな咳払《せきばら》いをした。

「本日は、王妃様に謁見《えつけん》の願いが出されています」

「謁見？　わたしに？」

アールストが謁見のために時間をつくっているのは知っているが、大して影響力のない自分にも謁見を願い出る人間がいると知って、驚いてしまった。

「どなたなの？」

「ファルブリア公爵のお嬢様でセルシー様です。王妃様にお会いして、ぜひお話したいことがあると」

ファルブリア公爵の令嬢とは、確か結婚式のときに会ったと思う。彼女は公爵夫妻と共に招待されていたのだ。美しい女性だったが、ずいぶん感じが悪かった。もちろん王妃が『感じが悪い』という理由で、誰かと会うことを拒否できない。エレディア自身とは違って、王妃という立場は公的なものだからだ。

「謁見だなんて……。普通に訪ねていらしたらいいのに」

「あら、王妃様。お招きもされないのに、どうして身分の低い者が王妃様をお訪ねできるでしょうか」

これは、暗に、王妃は気を利かせて、公爵令嬢を招くべきだったと言っているのだ。もしかしたら、そういうしきたりがあるのだろうか。今まで誰も言わなかったから、まったく考えつきもしなかったが。

とはいえ、結婚式や祝いの宴で紹介されたとしても、全員のことは覚えていないし、まして有力貴族が誰かということも知らない。この国の隅のほうで生きてきたエレディアにとっては、貴族のことなど、まるで判らなかった。

「王妃は貴族の令嬢を招く習慣があるの?」

「あらぁ、ご存知なかったのですかぁ?」

明らかに馬鹿《ばか》にしたような言い方をされたが、エレディアは彼女の嫌味を受け流すことにした。彼女を怒らせると、ますます大切なことを教えてもらえなくなるからだ。

「先代の王妃様はそうなさってましたわ。新しい王妃様が誕生されたから、すぐにでもお呼びがかかると、貴族のお嬢様は期待してらしたのに、王妃様は女官などとお茶会をなさって……。セルシー様はきっとその噂を聞いて、王妃様に侮辱《ぶじょく》されたと思われたでしょうね」

ベルテはまるで勝ち誇《ほこ》ったかのように言った。

彼女はそれを故意《こい》に教えなかったのだ。もしくは、今、彼女が話したことも嘘かもしれない。こんなに信用のならない女官長の言葉を、どこまで信じていいのか判らなかった。けれども、まずは彼女に教えてもらわなくてはならない。エレディアは鋭く息を吸い込み、怒りを抑えて尋ねた。

「先代の王妃様は貴族の令嬢をどこでもてなしたの？　お茶とお菓子でもてなしても構わないの？　もし、何か決まりごとがあったら教えて」

ベルテは意地悪そうに微笑んだ。

「王妃様はお好きなようになさればいいと思いますわ。先代の王妃様のようには、おできになれないと思いますし……それに、セルシー様はいろいろと……」

エレディアは彼女の言い方に、引っかかりを覚えた。というより、彼女はわざと引っかかりを持たせるような言い方をしたのだ。

「いろいろと？　なんなの？　はっきり言ってほしいわ」

「セルシー様は陛下の許婚《いいなずけ》も同然の方でしたのよ」

まさか……！

それまで冷静を保っていたエレディアだったが、つい表情にそれを出してしまった。ベルテが満足そうに笑っている。それほどまでに、彼女を傷つけたかったのだろうか。

「どういうことなの？　許婚も同然って？　婚約者ではなかったということでしょう？」

「ええ、もちろんですわ。そうでなければ、婚約を反故《ほご》にしてまで、王妃様とご結婚されるはずがありませんもの。それでも、暗黙《あんもく》の了解《りょうかい》というか……。セルシー様は貴族の令嬢の中では一番身分の高い方ですからね。当然、あの方が花嫁になられるだろうと、周りもご本人も……みんな思っていました」

それならば、彼女の感じが悪かったのも頷ける。彼女がつくはずだった地位に、エレディアがついてしまったからだ。女官が冷ややかだったのも判る。国中の貴族の中で一番身分の高い令嬢が王妃になるはずだったのに、そうでない自分がやってきて、それでも仕えなくてはならなかったのだから。

アールストは暗黙の了解を捨ててまで、どうしてエレディアを花嫁にしたのだろうか。いや、答えは判っている。いにしえの一族の娘だったからだ。しかも、長《おさ》の孫娘で、彼と年齢が釣り合うというだけで、王妃に選ばれてしまったのだ。

わたしだって、好きで結婚したわけじゃないのに……！

どうして、自分だけこんなに責められるのか、納得がいかない。アールストは国王で、自分のしたいようにする権利があるのだろう。しかし、そのせいで、こんな迷惑を被《こうむ》っているというのに、本人はなんの責任も負《お》わずに済むのだ。

「とにかく……彼女を王妃の間にお通しして。それから、お茶とお菓子の手配も」

ベルテの瞳がきらりと光ったから、きっと何か間違った選択をしてしまったのだろうか。だが、こうなったら、自分の好きなようにするしかない。自分が新しいしきたりや習慣を作るのだ。そうしなければ、いつまでもベルテに馬鹿にされることになる。

そして、自分がもっと大人になって、貫禄《かんろく》でも出てきたら……。

ベルテを王宮から追い出してやる。いつまでも、悪気がないでは済ませられない。彼女は明らかな侮辱をしているのだから。

わたしは誰がなんと言おうと、王妃なのだ。そして、世継ぎを産む女だ。夫に愛されていなくても、それは変わらない。

エレディアは胸を張って、王妃の間に向かった。

セルシーはベルテそっくりだった。

容姿ではなく、エレディアに対する攻撃の仕方が。慇懃無礼《いんぎんぶれい》に振る舞い、言葉の端々に皮肉や嫌味を混ぜる。そして、さり気なく、エレディアの元々の身分が低いことを持ち出した。つまり、王妃にはふさわしくない女だと。

エレディアは、最初はにこやかに接していたが、次第に我慢ができなくなっていた。とはいえ、取り乱すことなく、謁見は終了した。彼女曰《いわ》く、王妃としてもっと能力を高めるために、貴族の令嬢を頻繁《ひんぱん》に招くべきなのだそうだ。

冗談じゃないわ！

貴族の令嬢といっても、いろんな人がいるだろう。全部が全部、セルシーのような性格ではないだろうが、あんなふうにこちらを目の仇《かたき》にするような女性を、わざわざ自分の元に呼び寄せるなんて真っ平だった。

確かに自分は王妃として未熟《みじゅく》だ。けれども、手助けなら、女官がいる。ベルテはともかくとして、古参の女官が手を貸してくれさえすれば、なんとかやっていける。本当にそれで充分だと思うのに、どうして上手くいかないのだろう。

午後になり、王妃の間で刺繍《ししゅう》をしていると、ルフェル王子がやってきたとの知らせを受け、喜んで迎えた。

扉が開き、ルフェルが側近フィリートルを従えて入ってきた。

ルフェルは手に竪琴《たてごと》を持っている。彼はよく王妃の間にやってきて、こうして午後の時間を共に過ごすことがあった。彼は本当に音楽や読書が好きで、エレディアの目からすると、気ままに生きていた。もちろん、自分がすべきことはしっかりしているのだが、アールストに比べると、彼の責任は軽かった。

兄は武人で、弟は文人。彼は頭がよく、兄の補佐をしているものの、決定権は持っていない。だからこそ、ルフェルはいつもにこにこと笑顔でいられるのかもしれなかった。

「会議ばかりで、頭が痛くなりそうだよ。ここで一曲、披露《ひろう》してもいいかな。あなたやあなた付きの女官は耳が肥《こ》えているからね」

若い女官達は溜息のような声を洩《も》らした。ルフェルはもちろん彼女達に愛されている。それどころか、王宮中の人間に愛されているのではないかと思うくらいだ。

容姿《ようし》端麗《たんれい》なだけではなく、優しくて、思いやりがあり、気品に満ちている。そして、何より彼は人懐こい笑みを浮かべることができる。この笑顔だけで、たくさんの人々を魅了していた。

彼は用意された椅子に座り、側近を後ろに立たせて、竪琴をかき鳴らしながら歌い始めた。彼は美声の持ち主でもあったので、女官達はうっとりと彼を見つめる。エレディアもミュウを膝に乗せて、彼の歌に心を和《なご》ませていた。

セルシーとの会話も、今はもう記憶の彼方《かなた》だ。嫌なことも忘れられる。ルフェルはアールストとはまったく似ていない。だからこそ、エレディアは彼には素直に心を開けた。

何曲か歌った後、ルフェルはチェリーパイを食べながら、離宮で飼われている何頭もの猟犬《りょうけん》の話をしてくれた。

「モルって名前の犬がいるんだけど、すごく間抜けでね。自分の名前が覚えられないんだ。どんな名前で呼んでも来るんだよ。たとえば、可愛い子猫ちゃんと呼んでも、嬉しそうに尻尾を振ってやってくる」

エレディアはその様子を想像して笑った。

「見た目はどんな感じの犬なの？」

「それが、顔つきは獰猛《どうもう》なんだ。身体も牛みたいに大きいし」

「牛みたいに大きな犬なんていないわ」

「そうかな？　でも、可愛いんだよ。その間抜けぶりがなんとも言えず」

女官達もくすくすと笑っている。ルフェルの話はいつ聞いても、みんなを和ませることができた。

そんな話をして、みんなで笑っているときに、王妃の間の扉が開いていたことに、誰も気づかなかった。もちろん、エレディアも。

「ずいぶんお楽しみのようだな」

聞き慣れた鋭い声に邪魔されて、エレディアの笑顔は凍りついた。アールストが扉を開け放して、そこに立っていたからだ。

どうして、彼がここに……？

今まで一度だって、昼間にわたしに会いに来たことなんかないのに。

「これは兄上！　どうぞ、こちらへ」

ルフェルは立ち上がり、自分が今しがた座っていた席を譲った。アールストはゆっくりとこちらへ近づいてきたが、その視線は鋭く、顔つきは不機嫌そうに見えた。扉の隙間からベルテの顔が見えて、彼女からルフェルがここに来ていると聞いたのかもしれないと思った。

でも、ここで何か悪いことをしていたわけでもないわ……。

楽しくみんなでお茶を飲んだり、お菓子を食べたりしていただけじゃないの。

そう思ってみても、エレディアは彼の表情を見ていると、なんだか怖くなってきた。彼女はミュウを膝から退《ど》かせてから立ち上がり、震える手でスカートを摘んで、アールストにお辞儀《じぎ》をした。

「陛下、わたしに何か御用でも？」

「用はない。が、ここで何か楽しい催《もよお》しが行なわれていると聞いた」

エレディアは眉をひそめた。ベルテが何を言ったにせよ、楽しい催しとは絶対に言わなかったはずだ。つまり、それは彼の皮肉だった。

「ええ。楽しいわよ。ルフェル王子が歌ってくれて……」

「感心しないな。我が弟といえども、夫以外の男と戯《たわむ》れるのは」

「何言ってるの……。わたし達、ここでお話をしていただけなのに」

まるで、ルフェルと浮気でもしたかのように言われて、エレディアは当惑した。ルフェルと二人きりでいたわけではない。何も間違ったことはしていないはずだ。

「兄上、僕は決してここで非難されるようなことはしていない」

ルフェルも口添《くちぞ》えしてくれたが、アールストはその言葉を無視して、エレディアの顎《あご》に手をかけた。彼の眼差しは鋭く、彼女の胸の内まで見透かしてしまうようだった。

「おまえは笑っていたな？　私はおまえの笑顔を初めて見た」

それは言いがかりだ。エレディアは憤慨《ふんがい》して反論した。

「そんなことあるはずないわ。あなたの前だって、笑ったことはあります！」

「取り澄ました顔で作り笑いするのは見たことがある」

彼の前でそんな笑い方をしていたかどうか覚えていないが、たとえそうだとしても無理はない。彼と一緒にいて、心から楽しかったことなど一度もないからだ。しかも、彼と顔を合わせるのは、寝所か公務の場だけだ。どちらも、楽しくて笑うことなど、あるはずがなかった。

「わたしがどんな顔で笑おうが、あなたになんの関係があるというの？」

彼はエレディアの機嫌など、どうでもいいと思っているはずだ。世継ぎを産めばいいだけの存在なのだから。

「あるさ」

「何故？」

彼女はきっと彼を睨みつけた。

「気に食《く》わないからだ」

アールストは彼女を乱暴に引き寄せると、いきなり唇を奪った。

エレディアは驚いて、抗《あらが》った。ここをどこだと思っているのだろう。王妃の間で、ここにはルフェルとフィリートル、それから大勢の女官がいる。その前で、こんな屈辱的な口づけをされている場面を見られたくなかった。

それなのに、彼はエレディアの唇を奪っただけではなく、身体もまさぐっている。胸を乱暴に掴まれて、彼女の身体は硬直した。

「……やめて！」

ようやく腕から逃《のが》れたエレディアを、アールストは物凄い形相《ぎょうそう》で睨みつけてきた。彼は一体どうしてしまったというのだろう。いつもの彼とはまったく違う。

彼はエレディアだけに聞こえるような声で囁いた。

「私に逆らうつもりなら、おまえをみんなの前で裸にして、この場で抱いてやる」

まさか、そんなこと……！

国王がそこまで非道なことを、自分の妃にするとは思えない。しかし、今のアールストは何故だか怒りに我《われ》を失っているようだった。彼が怒っている理由について、エレディアにはよく判らなかったが、とにかくこれ以上、刺激してはいけないことだけは判る。

「兄上、僕は出ていきますから。エレディアにひどいことは……」

仲裁《ちゅうさい》に入ろうとするルフェルを、フィリートルが後ろから止めた。

「王子様、私達はここを退出したほうがよろしいかと存じます」

「あ、ああ……そうだね」

ルフェルはフィリートトルの意見に従い、王妃の間を出ていった。それから、女官達も恐れをなしたようにみんな出ていく。それにミュウまでもがエレディアを見捨てて、彼女達についていくのが見えた。

扉が閉まり、エレディアはこの広い部屋で激怒しているアールストと二人きりになってしまった。心細いが、どうしようもない。自分が逃げるわけにはいかないからだ。

「あなたが……どうしてそんなに怒っているのか判らないわ」

「おまえは私を蔑《ないがし》ろにした」

「そんな……。わたしが何をしたっていうの？　楽しそうに笑っていては、いけないの？いつでも作り笑いをしてなきゃならないの？」

彼の言っていることは、とても理不尽《りふじん》だった。笑顔でいてはいけないのなら、いっそ悲しそうな顔でもしていればよかっただろうか。午前中、セルシーの訪問を受けているときの自分なら、アールストは納得できたのかもしれない。

「おまえはルフェルとなら、あんな顔ができるんだな？　私に見せているのは、よそゆきの顔でしかないということだ」

「だからって……そんなに怒らなくても。ルフェル王子はわたしを楽しませてくれるわ。

それだけのことよ」

「ほう……。どんなふうに楽しませてくれると言うんだ？」

アールストは彼女の身体を抱き寄せると、そのままソファに押しつけた。

「どんなふうにって……だから、話をしたり……」

「違う。おまえはルフェルと特別な仲じゃないかと訊いているんだ」

エレディアは驚いて、大きく目を見開いた。

なんてこと！　彼は本気で彼女の不貞《ふてい》を疑っているのだ。

「そんな仲ではないわ！　女官がたくさんいるのに、どうしてそんなことができるの？」

アールストは唇を歪めて笑った。

「ここに入り浸っている女官はみんな、おまえの言いなりになっている。おまえが頼めば、情事を隠すことくらい簡単だ」

「そんなこと……考えたこともないわ。だって……」

彼はドレスの裾《すそ》を捲り上げて、彼女の脚を触った。

「本当かどうか確かめてやる」

「でも……どうやって？」

彼の手はエレディアの脚の付け根に到達した。そして、下穿《したば》きの巾に指を忍び込ませていく。

「あ……痛っ……！」

　濡れてもいないのに、秘裂の中にいきなり指がねじ込まれて、悲鳴のような声を上げる。それを確認して、彼は指を引き抜いた。

「どうやら、無実だったようだな。今日のところは」

「わたしが……浮気したかどうかを確かめたっていうの？」

　信じられない。そこまで疑われるようなことを、自分がいつしたというのだろう。何人もの女官がいるのに、わざわざ彼女達を遠ざけて、不埒《ふらち》な行為に及《およ》んだと本気で考えたのだろうか。

　しかし、彼は平然として言った。

「疑われるようなことをするからだ」

「そんなことはしてないわ！　あなたが勝手に疑っているだけじゃないの！　それに……ベルテがあなたに何を吹き込んだか知らないけど、女官は全員、わたしの言うことを聞くわけじゃないのよ」

　完全な味方がいるとは、エレディアは思っていない。そこまで、無防備でいたら、ここでは生きていけない。心が壊れてしまう。

「うるさい！」

　アールストは彼女の言葉が気に食わなかったのか、まるで罰するように唇を塞いだ。

荒々しいキスなのに、唇を貪《むさぼ》られているうちに、エレディアはそんなキスにも身体が蕩けるような感覚を味わっていた。自分が情けない。こんなふうに浮気を疑われているような状態なのに、彼のキスには弱かった。

いや、弱いのはキスだけではない。彼の愛撫にも弱かった。

ここは寝所ではない。それに、夜でもないのだ。誰でも入ろうと思えば、簡単に入れるこの部屋で、彼は自分を抱こうとしている。

「やめてっ……ここでは……あぁん……」

拒絶しようと思うのに、ドレスの胸元を引き下げられて、膨らみの上部に口づけられただけで、エレディアの身体は敏感に反応した。

「お願い……や…めて……っ」

せめて、ベッドに移動したかった。ここでは嫌だ。そう思うのに、アールストは聞く耳を持たない。彼は暴君そのものだ。少なくとも、エレディアに対してだけは。

彼の舌が胸の谷間に這う。彼女は頭を左右に何度も振った。こんな中途半端な愛撫は嫌だ。するなら、ちゃんとしてほしい。身体はすでに火がついていて、容易には消せそうになかった。

何もかもアールストの思うようになってしまう。身体が言うことを聞かない。理性ではいけないと思うのに、どうしても本能に突き動かされたように、欲望が燃え盛ってしまう。

ああ、どうして……？

エレディアは涙を流した。こんなことをするアールストにも、それに抗えない自分にも、腹が立ってくる。

彼は再びドレスを捲り上げて、下穿きの中に手を差し込んできた。

「ああ……もうこんなに潤《うる》んでいる。おまえはたったこれだけで男を欲しがっているんだな」

まるで娼婦か何かのように言われて、エレディアは屈辱に頬を染めた。

「そんなこと……ないわっ」

「そうかな」

秘所に指を突き立てられたが、さっきのように痛みは感じなかった。それどころか、するっと入ってくる。明らかにその部分が蜜《みつ》で潤んでいるからだ。

彼の言うとおりだ。唇と胸にキスをされたくらいなのに……しかも、ほとんど無理やりされていることなのに、自分はたったこれだけの愛撫で彼に身を任せようとしているのだ。

エレディアの頭はそうは思っていなくても、身体は確実に彼を欲しがっていた。

彼女は愕然《がくぜん》とした。それほどまでに、彼との夜の営《いとな》みに、身体が慣れてしまっているのだろうか。

それとも……？

もうひとつの可能性を、エレディアは否定したかった。

わたしは彼のことなんて好きじゃない。大嫌いよ。

無理やり結婚した上に、こんな冷酷な仕打ちをする男のことなんか、好きになれるはずがないじゃない。愛しているからでもなく、ただわたしの血筋を引く子供が欲しいだけの男なんか……！

絶対に好きじゃない。

二人の間にあるものは、ただの身体の反応。本能的なものに過ぎない。彼だって、相手が誰であろうと、こんなふうになるはずだ。

わたしは……わたしはどうなの？

エレディアはアールストにしか抱かれたことがない。けれども、他の男にこんな真似をされて、耐えられるとは思わなかった。しかし、それでも、結論は同じだ。彼に抱かれたくなるのは、彼を愛しているからではないのだ。

中をかき回されて、身体が熱くなる。その部分から蜜が溢れ出てきて、自分が淫らな女になったような気がした。

もう……どうでもいいの。

ここがどこでも、彼がどんな気持ちで、こんなことをしているのかも……。

「お願い……」

甘い声が、今度は別のことをねだっていた。抱いてほしい、と。

彼は下穿きを脱がせてしまった。そして、己《おのれ》の猛《たけ》ったものを露出《ろしゅつ》すると、ドレスも脱がせず、そのまま貫いた。

「あぁっ……ぁっ……」

息が止まりそうな衝撃を受けながら、エレディアは彼の背中に手を回した。この期に及んで、自分がどうしてこんな真似をしているのかよく判らない。けれども、身体を突き動かす衝動がある。どうしても彼を抱き締めたいと思ってしまう。

そういう意味では、確かに自分は淫らな女なのかもしれない。彼に何度も貫かれると、声を上げずにはいられない。そして、身体を震わせずにはいられなかった。

彼は充分にキスも愛撫もしていないというのに……。

エレディアの内部は熱くなり、彼を一層求めている。アールストも彼女をきつく抱き締め、激しく唇にキスをしてきた。

二人はしっかり抱き合ったまま、あっという間に昇りつめた。

あまりにも激しい交わりだったため、エレディアはしばし呆然としていた。身体も心もまだ現実に対応できない。まだ夢の中にいるようだった。

突然、アールストは身体を離した。そして、自分の身なりをさっと整えると、まだソファで身動きもできないエレディアを冷たい目で見下ろした。

「さっさと起きたらどうだ？　いつまでも娼婦のような格好で横たわっていないで」

エレディアは胸がズキンと痛んだ。どうして彼はこれほど冷ややかなのだろう。少しくらい優しさを見せてくれてもいいはずだ。自分は妻で、たった今、身体を激しく重ねた相手なのに。

彼女はゆっくりと身体を起こし、ドレスの裾《すそ》を手で撫でつけた。しかし、ドレスは皺《しわ》になり、髪も乱れている。この格好で女官と顔を合わせるのは、もはや不可能だった。しかし、ドレスを着替えて、身支度を整えるには、女官の手を借りなければならなかった。

もちろん、彼女達は噂するだろう。ここであったことは、誰の目にも明らかだからだ。

エレディアは目から涙が溢れ出るのを止められなかった。それを見た、アールストは苛立たしげな顔をして、目を背《そむ》ける。

慰めてもくれないのね。わたしなんかに、興味がないんだわ。

そう考えると、胸が締めつけられるように苦しかった。王妃という羨《うらや》ましがられる身分でありながら、実情はこんなものだった。抱くだけ抱いておいて、後はいらないもののように捨てられる妻だ。

「……あいつを二度とここに連れ込むな」

「ルフェル王子はただお友達として訪れてくださっただけよ」

「友達だと？　あいつは男だ。それも、私からいろんなものを奪おうと策略を巡らせている男だ」

「まさか……！」

ルフェルはそんなことを企《たくら》むような男でないことは、話していれば判る。彼が関心を示すことは、音楽と文学なのだ。猛々《たけだけ》しいことは好きではないし、おとなしい性格だ。アールストとは正反対と言ってもいい。

「そう思うなら、おまえはあいつに騙《だま》されているんだ」

「だって……あなたのたった一人の弟でしょう？　ミュウのことも、あなたがルフェルに頼んだって聞いたわ。信用しているから、頼みごとをしたんでしょう？」

アールストは鼻で笑った。

「あれはたまたま、あいつが珍しい猫の話をしたから、頼んだまでだ。別に信用していなくても、それくらいの用事は頼める」

つまり、彼は本当にルフェルを信用していないということなのだ。エレディアには信じられなかった。ルフェルにはそんな後ろ暗いところはまったく見えない。アールストの考えすぎではないだろうか。

「でも……」

「いいから、あいつをこの部屋に入れるな。もちろん密会も許さない」

「密会なんてしてないわ！」

「もし二人きりでいるところを見たら……こんな罰では済まないぞ」

エレディアはぞっとした。今のは彼女への罰だったのだ。それなのに、途中から彼女は夢中になっていた。彼が与えてくれる快感に、のめり込んでいたのだ。

エレディアは苦々《にがにが》しい想いに、視線を逸《そ》らした。

どうして彼はこれほどまでにわたしを苦しめるのだろう。こんなふうに心をかき乱しておいて、いつも知らぬふりをする。

アールストは手を延《の》ばして、エレディアの髪にそっと触れた。

「身支度を手伝う女官を呼んできてやろう」

そのくらいは、気遣いができるということだろう。エレディアは唇を噛んだ。

「リアを……リアを呼んで」

彼女なら信用できる。もちろん、他の女官がエレディアの様子を根掘り葉掘り訊くだろうが、彼女なら悪意を挟まずに答えるだろう。

「衣裳部屋に行くわ」

エレディアは自分がこれほど惨《みじ》めだと思ったことはなかった。


翌日の午後、エレディアは溜息を何度もついた。

真昼間に王妃の間に国王がやってきて、王妃とルフェル王子の仲に当て擦《こす》りを言った上に、王妃を罰したという噂は、きっと王宮中を駆け巡っていることだろう。それどころか、王宮の外でまで噂されているかもしれない。

これで恥をかいたのは、エレディアだけではない。ルフェルもアールスト自身も巻き込まれてしまっている。せめてアールストが冷静であれば、あんなことは起こらなかったのに。彼は自分も含めて何人もの名誉を汚したのだ。

ルフェルはもちろん何もしていない。王妃付きの女官はみんな知っていることだが、きっと面白おかしく尾ひれがついて、方々に伝わっているに違いなかった。

こうしていつものように女官とお茶を飲んだり、刺繍をしたりしていても、気持ちは晴れない。アールストの怒りがすべてを壊してしまったのだ。今更ながら、彼はどうしてあれほど怒ったのだろう。ベルテに変なことを吹き込まれて、信じてしまったのだろうか。

いずれにしても、エレディアにはさっぱり判らなかった。

昨夜、アールストは彼女の寝所を訪れなかった。昼間のことがあったからだろう。久々に、彼女は一人で眠りについた。清々《せいせい》するはずだったのに、何故だかなかなか眠りにつけなくて、今日は朝からどうにも調子が悪い。

エレディアはまた溜息をついた。刺繍も飽《あ》きた。傍らで丸くなっていたミュウを膝に抱き上げ、その柔らかい身体を撫でてみる。

もう……何もかも嫌だ。やはり昨日の屈辱だけは耐えられない。

できることなら、レジンの館に帰りたかった。あの館では、誰も彼女を傷つけるものはなかった。毎日、何も知らずに幸せに暮らしていたあの頃に戻りたい。

もちろん時間を戻すのは無理で、レジンの館に帰ることもできなかった。この王宮で死ぬまで過ごさなくてはならない。愛もなく、優しさもなく、心を凍りつかせるようなことばかりあるこの王宮で。

いっそ、身ごもればいいのかもしれないけど……。

子供を授《さず》かるかどうかは、人間には判らない。神が決めることであって、人間はその定めをどうすることもできないのだ。

「王妃様……」

女官の一人が声をかけてきた。グラスを載《の》せた盆《ぼん》を、掲《かか》げている。グラスの中身は綺麗なオレンジ色をしていた。が、女官の手が緊張しているのか震えているため、グラスがぐらぐらと危なっかしげに揺れていた。

女官はなんとか笑顔をつくろうと努力していたものの、やや引き攣《つ》っている。どうしてこんなに緊張しているのだろう。

「異国から新鮮なオレンジがたくさん貢物《みつぎもの》として届いたとか。陛下が王妃様に召し上がっていただきたいと、絞ってジュースにして、こちらにお持ちするようにと……」

見慣れぬ女官だが、王妃付き女官ではなく、別のところで働いているのだろう。アールストの命令で届けにきたものなら、国王付きなのだろうか。

それにしても、彼も昨日のことは後悔しているのかもしれない。冷静さを失い、普通ではない振る舞いをしたことを詫《わ》びる気持ちが、このジュースに込められているのかもしれなかった。

「まあ、おいしそうね」

女官はぶるぶる震える手でテーブルにグラスを置こうとしていた。しかし、手元が狂ったのか、グラスが倒れてしまい、テーブルの上はたちまちジュースだらけになる。

「王妃様の前で無礼な！」

たちまち部屋に控《ひか》えていた王妃付きの女官が叱責《しっせき》する。その声に、エレディアの膝の上でまどろんでいたミュウが飛び起きた。

「申し訳ありません！　とんだ粗相《そそう》をしてしまいまして……！」

女官は真っ青になっていた。よく見ると、まだ若い娘だ。王宮の作法に慣れていない新しい女官なのかもしれないと思うと、エレディアは咎《とが》める気にはなれなかった。

「いいのよ。誰でも粗相することはあるわ」

ミュウがテーブルの上に乗って、ジュースを舐めている。さぞかし、おいしそうな匂いがしたのだろう。アールストがせっかく彼女にと寄越《よこ》してくれたジュースなのに、もったいなかったが、仕方ない。

若い女官はグラスを盆に載せて、エレディアに頭を下げた。

「わ、わたくし、代わりのものをすぐにお持ちします！」

慌てて彼女は部屋を去っていった。

リアが清掃《せいそう》用の布を持ってきて、テーブルの上を拭《ふ》き始める。彼女はこんな雑用でも、嫌がらずによくやってくれる。エレディアはジュースをおいしそうに舐めていたミュウをそっと抱き上げて、テーブルから遠ざけた。

「そんなに、おいしかったの？」

テーブルが綺麗になるまで抱いていたが、ソファの上に下ろすと、ぴょんと飛び降りて、部屋の隅にある自分の寝床である籠《かご》の中へと入り、丸くなった。

「まあ、おねむなのかしら」

子猫は可愛い。けれども、自分の子供だったら、もっと可愛いに違いない。エレディアはそんなことを考えながら、また刺繍を始めた。

しばらく経って、エレディアは若い女官が戻ってこないことに気がついた。代わりのものをすぐに持ってくると言っていたが、どうなったのだろう。オレンジをたくさんいただいたのなら、絞ってジュースを作るのに、それほど時間はかからないと思うのだが。

ジュースが飲みたいわけではなかったが、アールストがわざわざ寄越してくれたものだと思うと、やはり飲んでおきたかった。お礼を言うときに、飲んでないとは言いにくい。かといって、嘘をつくわけにもいかないだろう。

しかし、あの若い女官はどうしたのだろう。自分の失敗に気落ちして、どこかに隠れているのかもしれない。そう思うと、ジュースはどうなったと厨房《ちゅうぼう》に問い合わせるのも、気の毒だと思ってしまうのだ。

ぐずぐずしているうちに、夕食の時間になり、晩餐《ばんさん》の間に向かう。案内するベルテがやたらとエレディアの顔を窺うのは、どういう意味があるのだろう。彼女はいつもつんとしていて、エレディアを王妃だとは思っていない態度を示すのに。

めずらしく、晩餐の間にアールストがいた。顔を合わせたのは、昨日の昼間以来だった。あのときのことを思い出して、エレディアは頬が紅潮《こうちょう》したものの、いつものように挨拶した。アールストのほうも、いつものように素《そ》っ気《け》なく言葉を返す。

今夜、ルフェル王子は晩餐の間には来ないらしい。昨日のことを考えれば、ルフェルは違う時間か、もしくは違う場所で食べるようになったのかもしれない。ここは王族の私的な晩餐の間ではあるが、他に部屋はいくらだってあるのだ。ルフェルも気まずいだろうから、自分達とは違うところで、ゆったりと食事したいに決まっている。

二人は兄弟で、エレディアも義理の弟ができて喜んでいたのに……。

しかし、アールストはルフェルに敵意を抱いているようなことを口にしていた。自分には判らなくても、二人の間には確執《かくしつ》があるのかもしれなかった。

「陛下……午後にわざわざわたしのところまでジュースを届けてくださって、ありがとうございました」

「ジュース？　なんだ、それは？」

アールストは怪訝《けげん》そうに尋ねた。

「今日、異国からオレンジの貢物がたくさん来て、わたしのところにオレンジを絞ったジュースを届けてくださったでしょう？」

「オレンジの貢物？　そんなものは知らない。ジュースのこともだ」

エレディアは戸惑った。

陛下が……と、確かにあの女官は言ったはずだ。嘘だったのだろうか。オレンジの貢物がどこから来たのか知らないが、貢物のことは必ず国王に報告がある。それをアールストが知らないとは、どういうことなのだろう。

「でも……女官が……」

彼女は代わりのものを持ってくると言いつつ、二度とあの場に現れなかった。それは何故なのか。アールストでなければ、誰が持っていくように命令したのだろう。

「私ではなく、ルフェルからのものではないのか？」

明らかに嫌味と判る口調で、彼は言った。

「そんなことはないわ……。国王陛下は、この国に一人でしょう?」

「そのはずだが、そうとは思わない人間が王宮にはいる」

エレディアは目を見開いて、彼を見つめた。どういう意味だろう。国王が何人もいるはずがないのに。

「どういう意味?」

「おまえは知らなくていいことだ。だから、訊くな」

彼は相変わらず横暴だった。逆らってみても仕方がない。エレディアがなんと言おうが、彼は自分のやりたいようにしかやらない。この国の誰も、彼には逆らえないからだ。

エレディアは釈然《しゃくぜん》としなかったが、食事を続けた。

食事が終わり、アールストが退出した後、エレディアも王妃の間に戻った。だが、様子がおかしい。女官が何人も立っていて、おろおろしている。

「どうしたの?」

「ああ、王妃様、ミュウが……」

女官の一人がミュウを抱いている。しかし、その身体はだらりとしていて、生気がなかった。エレディアは自分の血の気が引くのが判った。

「一体、どうしたの? 病気なの?」

もう事切れていると判っていても、信じたくなかった。元気いっぱいの愛らしい子猫がどうして死んだりするだろう。

「判りません。おとなしく眠っていると思っていたんです。食事を上げようとしたら、もう……」

エレディアの脳裏に、ソファから飛び降りて、自分の寝床で丸くなったミュウの姿が浮かんだ。あのときは、なんともなさそうだった。どうして、こんなことになったのだろう。

彼女は震える手で女官からミュウを受け取り、胸に抱いた。冷たくなりかけている。きっと彼女が晩餐の間に行く前に、もう心臓は止まっていたに違いない。機嫌よく眠っているとばかり思っていたから、様子を見ることさえしていなかった。

「そんな……」

柔らかい身体に頬擦りをする。けれども、もうあの可愛い声で鳴いてくれない。いろんなものにじゃれついたり、高い所に上がって心配させたり、飾ってあるものを落として壊したりもしないのだ。

やがて、王宮医師がやってきた。が、人間を診《み》る医師なので、猫のことは判らないらしい。彼は、死因はよく判らないという。子猫だから、何かよくないものを食べてしまったのだろうと言った。

よくないもの……？

エレディアはジュースを舐めていたミュウの姿を思い出した。

考えれば、何もかもおかしかった。あの見慣れぬ若い女官の手が震えていたのは、どうしてなのか。国王からという話だったのに、アールストは知らないと言った。そして、異国からのオレンジの貢物のことも……。

誰かがわたしを毒殺しようとしていた……？

女官は毒だと知っていたのだ。だから、手が震えていた。そもそも、彼女が本当に女官だったかどうかも判らない。ミュウが舐めているのを見て、まずいと思ったに違いない。それで、代わりを持ってくると言いながら逃げたのだ。

エレディアは口元に手をやった。

わたしがさっき食べたものは大丈夫だったのだろうか。毒など入れられてなかったのか。

そう思うと、怖くて仕方がなかった。

でも、どうしてわたしが毒殺されるのだろう。王妃とは名ばかりで、この国に対して実権のようなものは何もないのに。

いいえ……。そうじゃないわ。わたしを羨《うらや》んでいる人はたくさんいるじゃないの。

エレディアはセルシーのことを思い出した。もちろん、彼女が犯人だというつもりはない。しかし、自分の代わりに王妃になりたい娘は、この国にたくさんいる。王の姻戚《いんせき》となり、この国で権力を振るいたい有力貴族だって、たくさんいるはずだ。

それに引き換え、自分はなんの後ろ盾もない。殺されたところで、誰も困らない。

レジンの血筋を継ぐ世継ぎを望む王以外は。いや、彼でさえ、エレディアでなくてもいいのだ。彼女の従姉妹《いとこ》のフェリスを後妻にすれば、済むことだった。いっそそのほうが、いいかもしれない。エレディアは気が強い。口答えをする妃より、従順な妃のほうがいいに決まっている。

エレディアは昨日の諍《いさか》いのことも思い出した。彼女がルフェルと親しくしていると思った王が、素知らぬふりで毒を勧めてきたということもあり得る。ジュースのことなど知らないと言ったのも、直接、計画に関わっていないからなのかもしれない。彼はただ指示すればいいのだ。彼女を暗殺せよ、と。

ガタガタと身体が震えた。

なんて恐ろしい……！

この王宮から死ぬまで出られないと思ったが、まさか殺されることなんて考えてもいなかった。

「王妃様……お顔の色が真っ青です」

リアがやってきて、ソファに座らせてくれた。けれども、こんな親切そうな娘であっても、何を考えているのかは判らない。せめて彼女のことは信じたいが、もう誰も信じられそうになかった。

ああ、どうしたらいいの？

エレディアの頬には涙が零れ落ちたが、それを拭《ぬぐ》う気にもなれなかった。

「一体、なんの騒ぎだ？」

アールストの声がして、顔を上げると、扉から室内へと彼が入ってくるところだった。

「ミュウが……死んだの」

涙ながらに答えると、アールストは眉《まゆ》をひそめて、彼女の膝の上に横たわっている猫を見つめた。

本当は、殺されたと訴えたかった。けれども、彼女を殺そうとした犯人はアールストかもしれないと思うと、怖くて言えなかった。身体がぶるぶる震えていて、涙がぽたぽたとドレスの上に零《こぼ》れていく。

「ずいぶん弱い猫だったんだな」

「そんな言い方……！」

せめて、残念だったとか、気を落とすなとか、そういう慰め方はしてくれないのだろう。あまりに情のない言い方で、エレディアは信じられなかった。

「他にどう言えばいいんだ？　たかが猫一匹のことじゃないか」

「ミュウはあなたがくれた猫なのよ！」

「くだらない。私はおまえの気が紛《まぎ》れるかと思って贈っただけだ。大した意味はないし、猫そのものにも興味はない。猫が欲しければ、また新しく連れてくればいいだけだ。今度は丈夫なやつを」

そんな問題ではないことが、彼には判らないのだろうか。彼は身内の誰かが死んだとしても、同じような反応をするのではないかと思い、エレディアは怖くなった。たとえば、自分が死んだとしても、妃を新しく連れてくればいいというふうに。

なんて情のない人なのかしら……。

エレディアはミュウを抱き締めた。

「代わりなんていらないわ！」

「それなら、勝手にすればいい。だが、そろそろ寝支度をするんだな」

「こんなときに……。わたしはずっとこの子についてるわ。明日、朝になったら、どこか綺麗なところに埋葬《まいそう》しますから」

アールストの目に怒りが閃《ひらめ》いたかと思うと、エレディアの腕からミュウを取り上げた。

「何するの！」

取り返そうとしたが、彼はすぐにミュウを傍にいたリアに渡してしまう。

「明日まで王妃のためにおまえが面倒を見ろ」

もちろん、面倒といっても、もう生きてはいない。動かない屍《しかばね》となっていて、それが余計にエレディアを悲しませた。

アールストはエレディアの手首を掴むと、寝所のほうへと連れていく。彼女はまだ泣いているのに、彼はそれに関心を示そうともしない。妻が泣いていようが、笑っていようが、どうでもいいのだろう。まったくどうでもいいのだ。関心があるのは、この身体だけだった。

彼はエレディアが寝支度するのも待てなかったようで、そのまま寝所に連れていき、ドレスを脱がせ始めた。

「わ……わたし……そんな気分じゃない……」

「うるさい！」

アールストは自分のことしか頭にないのだ。いや、彼を突き動かしているのは、欲望だけだ。エレディアの衣類をすべて取り去ってしまうと、ベッドに急《せ》きたてた。そして、彼は自分の着ているものも脱いで、ベッドに入ってくる。

エレディアは身体を硬くした。今夜はもう触られたくない。どんなふうに愛撫されても無理だ。とても耐えられないからだ。

しかし、アールストがしたことはいつもと違っていた。彼女をそっと自分の胸に抱き寄せた。それから、髪をそっと撫でていく。

彼がしていることは……慰《なぐさ》め？

エレディアは驚いて、涙も引っ込んでしまった。

本当は優しい人なのかもしれない。そうでなければ、咄嗟《とっさ》にこんな行動はできない。そ

う考えると、胸のうちが温かくなってくる。身体に火がいたときの欲望の熱さとは違う。

ああ……これはなんなの？

彼女はアールストの体温に包まれて、気が遠くなりそうだった。

今夜はとても眠れないと思ったのに……。

エレディアは彼の胸で安らぎを覚えた。決して信じていない男の胸で。本当は、彼が毒を盛《も》るように指示したかもしれないのに。

それでも、この温もりは本当だった。そして、彼が確かに慰めてくれようとしているのも。

ああ、もう判らない。何もかも。何が白で、何が黒なのかも。

しばらくして、エレディアはアールストの心臓の音が聞こえるのに気がついた。確かな鼓動が伝わってきて、そのリズムが彼女を深い眠りへと誘った。

目覚めたとき、外は明るくなっていた。

そして、傍にアールストはすでにいなかった。


エレディアは王宮内の庭の片隅に、ミュウを葬《ほうむ》った。

本当のところ、王家の墓地《ぼち》に埋めてもらいたいくらいだったが、それが叶《かな》わないことくらいは判っている。せめて、自分の近くに埋めたかったのだ。

朝食の間に行ったときには、他の誰もいなかった。席に着いたものの、食欲がない。というより、恐ろしかった。食べ物や飲み物に、誰でも毒が入れられると気がついたからだ。

もちろん、今まで誰もそんなことはしなかった。さすがに王族が食べる普通の食事については、きちんと管理されているからだろう。

しかし、昨日の女官を捜そうとしても、きっとできないと思う。もっとも、捜そうにも、エレディアにはどうしたらいいのか判らなかった。まさか王妃自ら、捜しにいくわけにもいかない。そして、誰が敵か味方か判らないような状態で、他の誰にも頼れるはずがなかった。

もし自分が死んでも、誰も毒殺だとは思ってくれないのではないかと考えると、恐ろしかった。ミュウのように、あっさりと自然死だと流されてしまうのかもしれない。さすがに人間が死んだら、詳しく調べてくれるのではないかと思いつつ、エレディアの心には恐怖だけが忍び寄っていた。

朝食はほとんど食べられなかった。餓死《がし》しては意味がないので、ほんの少し食べたが、この先、どうしていいか判らない。ルフェルがよく王妃の間に来ていた頃は楽しかった。けれども、その楽しみも奪われてしまった。

一体、自分はこれからどうやって生きていけばいいのだろうか。それとも、そんなことで悩むのが馬鹿らしいくらい、短命で終わってしまうのか。

夜になり、エレディアは身体を清潔にすると、ローブを羽織った。サッシュを結ぶと、アールストが来るのを待った。

昨日はたまたま優しかったが、今日もそうだとは限らない。きっと、今日はまた元に戻って、粗暴《そぼう》な振る舞いをするかもしれない。嫌味を言われたり、皮肉なことを言われたりするのかもしれなかった。

二人の部屋の間にある扉が開き、アールストがやってきた。そして、化粧台の前でぼんやりと椅子に座るエレディアの姿を見つめた。

「私の部屋へ行こう」

彼女はアールストに連れられて、彼の寝所に足を踏み入れた。

ベッドに腰を下ろし、彼の出方を待った。いつものように抱くなら、それでもいい。エレディアの悩みは、生きるか死ぬかの問題でもあって、それに比べると、アールストが抱こうが抱くまいが、どうでもいいことだった。

「そういった無関心な態度はよくない」

アールストは黙ってベッドに座った彼女を見下ろした。

「どうすればいいの？」

「何か話をするとか……もっと嬉しそうな顔をするとか」

「嬉しくなんかないわ！」

激しい口調で罵《ののし》ってしまい、エレディアは我《われ》に返った。アールストに逆らってはいけないのだ。特に、ベッドの中では。

「ごめんなさい……」

彼女は目を伏せた。もう、どうしようもない。こんなことでは、ベッドからも彼に追い出されてしまいそうだった。彼がその気になれば、エレディアなど見捨てて、寵姫《ちょうき》をいくらだって持てるだろう。

そんな苦しみは味わいたくない。そんな恥ずかしい目に遭いたくなかった。

「今日はほとんど食事をしなかったと聞いた」

きっとベルテが告《つ》げ口をしたのだ。

「食欲がなかったのよ」

「いや、おまえは私に復讐しているんだ」

エレディアは驚いて、顔を上げた。何かの冗談かと思ったが、彼は厳しい顔をしていて、冗談を言ったようには見えなかった。けれども、彼の本心はどこにあるのか判らないから、慎重に口を開いた。

「復讐なんかしてないわ。一体、何に復讐するっていうの？」

エレディアには、さっぱり判らなかった。相手を刺激しないほうがいいと思いつつも、はっきりと言った。

「私が昨夜、無理やり猫から引き離して、ここに連れてきたことを恨《うら》みに思っているんじゃないか?」

「えっ……」

まさか、そんなことを言われるとは思わなかった。彼女が考えてもいないことだったからだ。

「いいえ。わたし……恨んでなんかないわ」

一晩中、ミュウについていても、どうにもならなかっただろう。ただ、悲しみが増すだけだ。ミュウは自分の身代わりになって死んだようなものだ。他の見方をするなら、毒殺を企《くわだ》てられたことをエレディアに知らせようとして、我が身を犠牲《ぎせい》にしたとも言える。

いずれにしても、いろんな感情が彼女の中には渦巻いていた。毒殺に対する恐れや、毒殺しようとする相手に対する憎しみ。アールストがエレディアを無理やり妃にしなければ、こんなことは起こらなかった。そういう意味では、彼に恨みはあるのかもしれない。しかし、昨夜のことで恨んだりするはずがなかった。

もし、昨夜、一人きりだったら、眠れもしなかっただろう。一人で悶々《もんもん》といろんなことを考えたと思う。

「それなら、何故、食べない? 復讐でなければ、ただの嫌がらせか?」

「どうして、わたしが食べないことが、あなたへの嫌がらせになるの？　わたしが食べようがどうしようが、あなたには関係ないじゃないの」

「関係ないことはない」

アールストは彼女の隣に腰を下ろした。不意に、彼の体温を感じて、エレディアは居住《いず》まいを正した。今更、何を意識しているのだろう。彼には何度も抱かれている。身体の隅々まで見られてしまったし、どんな恥ずかしいところにも、彼の手は触れている。

「おまえは私の妃だ。世継ぎを産むのには健康な身体が必要だ。つまり、毎日きちんと食事をしなければならない」

わたしの身体を心配してくれたわけじゃないのね……。

そんなことだろうとは予想していたが、エレディアはがっかりした。昨夜、優しく慰めてくれたように、心配だと一言でも言ってくれたなら、彼女は喜べただろう。

「食べたほうが死ぬかもしれないわ！」

思わず、彼女の口から本音が飛び出してしまった。アールストは強い力がエレディアの肩を掴んで、自分のほうに無理やり向かせた。

「どういう意味だ？」

「……なんでもない」

エレディアは必死で視線を逸《そ》らそうとしたが、許されなかった。彼の鋭い眼差しが射るように見つめてくる。

「おまえが食べないのは、他に理由があるんだな？」

「あなたには関係……」

「関係はあると言っただろう？　言わないなら、おまえを中庭に連れていくぞ。そこで、裸にして抱いてやろうか？　おまえが、あられもなく乱れるところを、見回りの兵士に見せてやってもいい」

アールストの瞳が冷たい光を放っている。まさか本当にしないだろうと思うが、彼は突然何をするか判らないところがあった。エレディアの返答次第では、彼を激怒させてしまうような気がした。

「わ、わたし……その……」

なんと答えようかと口ごもっていると、彼はエレディアの膝の裏に腕を差し込み、身体を抱き上げようとした。

「やめて！　言うわ。言うから……」

アールストは苛立《いらだ》たしげに彼女を見ると、ベッドの中央に運んで下ろした。

「さあ、言え」

それほどまでに、自分が食べない理由を知りたいというのなら、きっと彼は毒殺の件に関わっていないのだろう。関わっていれば、自分がこれほど恐れている理由について判っているはずだからだ。

エレディアはそれでも彼のことが信用できずに、恐る恐る口を開いた。

「誰かがわたしを毒殺しようとしてるのよ」

「毒殺？　どういうことだ？」

アールストはエレディアを睨んだ。睨まれる理由などないのに。

「昨日……ジュースの話をしたでしょう？　見慣れない女官が陛下からだと言って、オレンジを搾ったジュースを持ってきたの」

「異国からオレンジの貢物があったとかいうアレか」

「その女官は緊張していて、テーブルの上にジュースを零してしまったわ。そして、それをミュウが舐めていた……」

アールストが眉をひそめた。

「それで、あの猫が死んだと言いたいわけか」

「他に理由は思いつかないわ！　あんなに元気そうにしていたんだもの。それに、その女官の言ったことも嘘だった。わたしの食べ物にも飲み物にも、誰かが毒を入れようと思ったら、いつでも入れられる……と思ったら、恐ろしくて……」

とても何か食べようという気にはなれない。たとえ、今までの食事は無事だったとしても、誰かが毒殺しようとしているなら、これからどうしていいか判らない。

ただ、ここで殺されるのを待っているだけなんて、嫌だ……。でも、わたしに何ができるの？　味方もいないのに……。

「エレディア……！」

アールストがぎゅっと彼女の身体を抱き締めてきた。昨夜のような安らぎが戻ってきて、エレディアは嬉しかった。この力強い腕に抱かれている限りは、誰かに危害を加えられるような気がしなかった。

彼はわたしの味方なんかじゃないのに……。

そう思ってみても、こんなふうに抱き締めて、安心させてくれる人は他にはいない。エレディアは自分から彼の背中に手を回してみた。すると、身体が余計に密着して、もっと自分が安全になったような気がした。

「どうして、ちゃんと言わなかった？」

「だって……怖かったんだもの。誰が敵なのか判らなくて……」

アールストは急に身体を離して、彼女を再び睨みつけた。

「おまえは私が敵だと思っていたんだな？」

まさしくそうだが、さすがに面と向かってそうだとは言えなかった。しかし、アールストにはそれが伝わってしまったらしい。彼は急に冷たく、よそよそしくなった。

「なるほど。おまえにしてみれば、私は敵だろう。だが、おまえを妃にしたのは私なのに、どうして殺そうとするんだ？」

「わたしは生意気だし……あなたが欲しいのはわたしの血筋だけだわ。それなら、新しい王妃と取り替えたほうがいいと思うかもしれない。わたしの代わりはいるから」

そんなことを考えるのはつらい。けれども、血筋以外に取り柄がない。せめて、月の民としての能力があるなら、彼の役に立てることもあるかもしれない。しかし、自分には何もなかった。彼だって、ベッドでしかエレディアには用がないようだった。

「新しい猫のように、私がおまえに代わる女を妻にすると思ったのか？」

そう考えると、胸が痛くなる。自分が死んだ後の話だとしても、何故だかそんなことは想像したくなかった。自分がされたように、このベッドで新しい妃が彼に抱かれるのかと思うと、つらくてならない。

「だって……そうでしょう？　わたしでなくても……血筋さえあればいいんだもの」

これ以上、自分の気持ちを口にしたくない。惨めになるだけだった。彼に心から自分という人間そのものを求められているのなら、こんな状況でも嬉しかったと思う。だが、そうではないのだ。問題なのは血筋だ。

「だからといって、今、世継ぎを宿しているかもしれない妃を、私が殺すと思うのか？」

アールストに指摘されて、エレディアは頬を染めた。彼に毎晩のように抱かれているのだから、いつ子供が宿《やど》ってもおかしくはなかった。今のところ、そんな兆候《ちょうこう》はないが、世継ぎ懐妊の可能性があるのに、確かに殺そうとするはずがなかった。少なくとも、この件に関しては、アールストは信じられる。そう思ったら、気が楽になった。アールストのほうは、疑われたことが気に食わないらしく、仏頂面《ぶっちょうづら》だったが。

「誰がわたしを殺そうとしているの……？　誰かわたしを憎《にく》んでる？　妃になりそこなった令嬢かしら」

エレディアが腕を組むと、アールストの視線がそこに向かう。下着もコルセットもつけていないので、うっすらと乳首の存在が見えている。慌てて彼女は腕で隠した。

「おまえを殺そうとしているのではなく、世継ぎを殺そうとしているのかもしれない」

「わたしが死んでも、代わりはいるものね」

月の民だけなら、限りはあるが、それ以外なら、いくらだって王妃になりたい女性はいるだろう。もっとも、何人も王妃が殺されたりしたら、後釜《あとがま》に座ろうとする人間は少なくなるかもしれないが。

それに、彼がやろうと思えば、いくらだって女性を孕《はら》ませられる。世継ぎは、正式な結婚をした王妃から生まれた子供であることが望ましいだろうが、他にいなかったら選択肢《し》はない。それに、世継ぎを殺そうとしている側も、それだけいろんな相手を殺す間に、捕まる可能性が高くなるだろう。

いずれにしても、エレディアが殺されたとしても、実の両親や一族以外、大した衝撃は受けないに決まっている。少なくとも、王宮にいる誰かが嘆《なげ》き悲しんでくれるとは思わなかった。

もちろん、アールストにしても、世継ぎのことしか頭にないのだ。

「代わりなど……いない」

そう言われて、エレディアははっとして顔を上げた。アールストがじっと彼女を見つめている。

彼がエレディアの血筋を目当てにしていたとしても、代わりはいないと言われたことは嬉しかった。彼の熱っぽい眼差しに、心が震える。たとえ身体だけでもいいから、エレディアに関心があることを示してほしかった。

愛してもらいたいなんて、不相応《ふそうおう》な望みだと判っている。彼はそんな温かい心なんて持っていないからだ。けれども、欲望だけでもいいから、この身体に惹かれていると言ってほしかった。

それくらいなら、大それた望みじゃないわよね……？

アールストはエレディアが組んでいた腕を外させた。ローブの下から乳首がうっすらと見える。彼は二つの胸の膨らみを両手でそっと包んだ。すると、たちまちローブの生地《きじ》を押し上げるように乳首が硬くなった。

「おまえの身体は気に入っている」

言ってほしかった言葉なのに、実際に言われると、それほど嬉しくなかった。けれども、それだけでいいから、言ってほしかったのだ。

「本当に……？　代わりなどいないくらいに？」

「そうだ……。誰にもおまえを殺させたりしない。絶対に守ってやる」

エレディアはその言葉に酔いしれた。彼が守ってくれる。国王としてではなく、夫として言ってくれたような気がして、胸の中が温かくなってきた。

「アールスト……」

キスしてほしい。ふと、そう思って、わずかに唇を開いた。彼はその気持ちを読み取ったように、顔を近づけてきた。

唇が重なり、舌が絡み合った。エレディアはこの王宮に来て以来、初めて幸せを感じた。ずっとこんなふうに求めてほしかったのだ。

アールストは彼女のサッシュを解き、ふたつの膨らみを直《じか》に掌で包み込んでいく。それだけで、エレディアは快感に気が遠くなりそうだった。これは肉体の快感とはまた違うものだ。彼が欲しているのが、他の誰のものでもなく自分の身体であるということが、エレディアにとっては重要だった。

血筋のために求めているわけではなく、この身体を彼が愛してくれていると思うと、それだけで胸が熱くなってくる。乳房を包むこの手の温《ぬく》もりでさえ、今までとは違うもののように思えてきた。

彼のキスも、愛撫も、今までにないくらい特別に感じてしまう。彼の指が乳首を撫でていく。それさえも、いつもと違うような感じがして、エレディアは身体をくねらせた。

我慢できずに、彼のサッシュを解いて、彼の滑らかな肌に触れる。彼の胸に手を滑らせていると、何故だかドキドキする。彼に手を触れたのだって、決して初めてではないのに。

今日はいつもと違う。アールストにもそれが伝わるといいのに。

彼は唇を離すと、彼女の耳朶にもキスをする。彼女は敏感に反応して、ビクンと身体を揺らした。

「おまえの耳の形は可愛い」

そんなことを言われたのは初めてで、エレディアは驚いた。

「耳の形なんて、みんな同じじゃないの？」

少なくとも、エレディアには見分けはつかない。誰の耳も気にかけて見たことはないからだ。

「違う。おまえのは可愛い形だ。それに……」

彼は耳の中に息を吹き込んできた。すると、途端にエレディアの身体が震える。

「こんなふうに敏感に反応する。いい耳だ」

「敏感なのが……いい耳なの？」

「そうだ。愛撫に応えるのがいい耳の証拠だ」

エレディアには彼の言っていることがよく判らなかった。今まで敏感な反応について、彼はさんざん罵倒《ばとう》してきたような気がするのに。淫らな女だと言って。

「おまえの耳を見る度に、ベッドでこうしたくなる……」

彼は耳の穴に舌を差し込んできた。

「あっ……」

身体がゾクゾクしてくる。たかが耳を愛撫されているだけなのに、全身が敏感になってしまっている。

「おまえはどうして平気で耳を晒《さら》せるんだ？　絶対に隠しておくべきなのに」

「何を……何を言ってるの？」

「この髪もそうだ……」

彼はエレディアの髪に手を差し入れて、梳《す》いていく。

「こんな色の髪はめずらしい。誰にも見せずにおきたいくらいだ。もちろん、他のところだって……」

アールストはエレディアの喉を撫で上げ、それから肩へと手を滑らせる。彼女はその手の感触に、うっとりとしていた。ただ触れられるだけでも、嬉しい。自分の身体はきっとアールストのものなのだ。彼だけがこうして触れる権利がある。

エレディアは自分が彼の奴隷になったよう気がした。奴隷というと語弊《ごへい》があるかもしれない。けれども、彼の手が触れたところ、唇が触れたところが熱くなり、それだけで喜びを感じるのだ。

わたしは彼のものよ……。

そして、わたしはそれに喜びを感じている。

アールストはエレディアのローブをすっかり脱がせてしまった。そして、手を取ると、指先に口づける。

「ここも……誰にも見せたくない。誰にも触らせたくない。私だけのものにしておきたい」

手を取られて、キスをされることはある。ただの挨拶だ。それさえも、彼には許せないのだろう。

「わたしは……あなたのものよ」

口に出して言うと、アールストの瞳が輝いた。

「そうだ。おまえは私のものだ」

「あなたは……あなたの身体は？」

「もちろん、おまえのものだ」

彼がそう言ってくれたのが、本当に嬉しかった。彼はきっと答えないと思っていた。もしくは、国民のものだと言うかもしれないと思ったのに……。

嬉しくて、エレディアは彼のローブを脱がせると、首にしがみついた。彼はエレディアの腰を引き寄せると、自分の太腿の上に乗せた。彼女は彼の太腿を跨《また》ぐようにして、上に乗る。

柔らかな乳房が彼の硬い胸板に押しつけられる。痛くはない。それどころか、それが快感でもあった。

アールストはエレディアのお尻を撫でると、後ろのほうから秘所に触れてきた。そこは直接触れられていなかったのに、もう熱く蕩《とろ》けている。彼の指が触れると、蜜がとろりと流れ出した。

もちろん、彼の股間《こかん》のものも硬くなっていて、エレディアのお腹に当たっている。彼の指が挿入されると、エレディアは腰を揺らした。彼女のお腹が彼のものと擦《こす》れていき、なんとも言えない気分になってくる。

すぐに指だけでは物足りなくなってきた。エレディアは腰を揺らしながら、彼に催促《さいそく》した。

「お願い……お願いっ……」

アールストはエレディアから指を引き抜くと、そのままベッドに押し倒した。そして、一刻の猶予《ゆうよ》もないかのように、中へと入ってきた。

「ああっ……アールスト……」

奥まで突き入れられ、その衝撃にエレディアは身体を弓なりにした。内部で彼の猛《たけ》ったものを感じて、蕩けるような気持ちになる。彼が自分の中に……奥まで入っているという事実が、これほど嬉しいと思ったことはなかった。

身体だけでも、愛されていると判った。それがエレディアの気持ちも身体もすべて高揚《こうよう》させていた。

エレディアは手を伸ばして、彼の背中に回した。そして、引き寄せるような仕草をする。彼にもっと近づきたい。もっともっと近くにいたかった。この距離でも満足できない。もっとぴったりくっついて、彼の身体を感じていたい。

わたしは……彼の身体が好き。

そう思ったが、本心ではそれが正確な気持ちではないことはよく判っていた。

彼が好き。愛してる。

しかし、エレディアはその気持ちをぐっと抑えつけた。彼を愛しても、傷つくだけだからだ。どれほど愛しても、彼の心まで自分のものにはできない。身体が離れたら……そして、寝所から遠ざかれば、また遠い人になるのは判っている。

それでも、今だけは……。

今だけは、わたしのものだわ！

エレディアは彼の首にしがみつき、腰に両脚を巻きつけた。身体の奥底まで彼に侵されている。自分のすべてがアールストのものだった。

彼が奥まで貫く度に、エレディアは身体を震わせて、甘い声を出した。

「あぁん……んっ……あっ……」

もう何もいらない。彼がこうして抱いてくれている限り。

やがて、二人とも、絶頂を迎える。しっかりと抱き合い、強い快感を共有した。そして、甘い余韻《よいん》も抱き合ったまま味わった。

ああ、彼を愛してる。

身体を離したくないほどの激しい情熱が、自分の中にあった。今までそれに気づかなかったのは何故なのだろう。きっと自分の心を押し殺していたからだ。

初めて会ったあのときから……。

レジンの館で鷹《たか》のような鋭い眼差しを見たときから、きっと恋に落ちていたのだ。必死でそうではないと自分の心に言い聞かせていたけれども、それは真実ではなかった。

普通に愛し、愛される相手ならよかったのに。

エレディアの血筋を欲しがり、子供を産ませる道具として欲していた相手を好きになってしまった。それでも、好きな相手を夫にできたのだから、よかったに違いない。好きでもない夫を迎える花嫁が、どれほど多いかを思えば。

それに、彼は……少なくともエレディアの身体が好きなのだ。今だけかもしれないが、それでもいい。何も感じないよりいいのだ。たとえ一時でも、この身体が愛されていたと思えば、残りの人生をなんとか生きていけるだろう。

死ぬまで、この王宮で生きていかなければならないとしても。

アールストは身体を離したが、エレディアを抱きながらベッドに横たわった。

「食事のことは……心配ない」

「え……？」

突然、食事のことを言われても、現実に戻れなかった。エレディアの心はまだ綺麗な花園の中だった。

「毒のことだ。ちゃんと毒見役がいる。おまえのお茶会とやらに出てくるものも、ちゃんと毒見されている」

エレディアは驚いた。そんな役目の人間がいるとは知らなかったのだ。しかも、お茶会に出てくるものまで、ちゃんと毒見されていたなんて……。

「もちろん、それでも毒を入れようと思えば、入れられるかもしれない。これから、そんなことにならないように、しっかりと見張らせておく」

「あ……ありがとう」

エレディアは彼の目をじっと見つめた。すると、彼もまたエレディアの瞳を見つめ返してくる。なんだか胸がドキドキしてきて、頭の中がふわふわとしてくる。彼がこんなに優しいのは、初めてではないだろうか。

「それ以外の食べ物や飲み物が運ばれてきても、口をつけてはいけない。もっともらしいことを言いながら、おまえに何かを食べさせようとする輩《やから》がいるかもしれないが、絶対にその手に乗るな。死んでしまってからでは、何もかも遅い」

エレディアは頷いた。彼の言うとおりだ。飲まず食わずで生きていけるわけはないから、変なふうに考えずに、きちんとしたルートで出てきたものだけを口に入れればいいのだ。そして、それ以外のものは一切、口に入れてはいけない。

「判ったわ。そうする」

素直に返事をすると、彼はほんの少しだけ微笑んでくれた。彼がこんな表情をすることはめずらしい。エレディアはたちまち幸せに包まれたような気がした。

彼はエレディアの髪に触れ、毛先を指に巻きつけた。それが愛情あるしぐさに見えて、ドキッとする。実際はめずらしい色の髪を愛《め》でているだけなのだろうが、束《つか》の間の幻想にエレディアは身を委《ゆだ》ねていたかった。

「これからは、何かあったら私に言え。……他に何か困ったことはないか?」

エレディアは少し迷った。ベルテのことを言いたかったが、前に、自分で処理しろと、はねつけられたことがあったからだ。

「何かあるんだろう?」

彼が優しくしてくれるうちに、言っておいたほうがいいかもしれない。とにかく、ベルテには困っているのだから。

「女官長のことなんだけど……」

「ああ、あれか」

アールストも思い出したのか、顔をしかめた。

「ベルテはわたしの見張り役なの？」

「見張り役？　私が彼女にそういう役目を課していると思っているのか？」

「だって、彼女は……自信満々でわたしに嫌味を言うわ。まるで、絶対にやめさせられることはないというふうに。あの人はどうしてわたしを目の敵《かたき》にするの？　あなたがそうさせているのでなければ、何かある度に、どうしてあなたに報告してるの？」

アールストはエレディアを宥《なだ》めるように、指に巻きつけた髪にキスをした。

「私はおまえを見張るように命令した覚えはない。ただ……彼女は何かにつけて、おまえのことを心配して、相談してくるんだ。王妃がこんなことをしていたが、大丈夫だろうかと」

「まあ……彼女が勝手に言いつけてるだけなの？　でも、わたしを心配しているなんて嘘よ。だって、わたしがいくらお願いしても、古参の女官を味方につけて、王宮の行事や慣《なら》わしについて教えてくれないんだもの」

「私には、おまえを娘のように思っていると言っていたが……」

もちろん、そんなことは嘘だ。ベルテが相手によって態度を変える女だったということだろう。

「はっきり言うと、わたしは侮辱されていると思うわ。彼女に、何かわたしを恨《うら》みに思う理由があるのかしら」

「彼女はある有力貴族の縁《えん》があるから、明確な失態《しったい》がない限りは女官長をやめさせにくい」

「セルシーね……」

ベルテはきっと公爵と縁続きなのだろう。それで、セルシーが王妃になってほしかったに違いない。

「おまえは勘《かん》がいいな」

「だって、セルシーのことを褒《ほ》めちぎっていたから。それに、セルシーはわたしのところに押しかけてきたの」

「自分が王妃になるべきだったとでも言ったのか？」

「まさか。ただ彼女の身分は高くて、わたしの元々の身分が低いということを、それとなく判らせてくれただけ」

セルシーにしろ、ベルテにしろ、嫌味の言い方が功名《こうみょう》なのだ。年季が入っているというか、慣れているというか。相手を傷つけることにかけては、非常に上手いと思う。もっとも、そんなことが上手くてどうするのだろうとも思うが。

「ベルテはわたしに死んでほしいかしら」

アールストはぎょっとしたように顔を強張らせた。

「そうでないとは言えないが……。いや、彼女も怪《あや》しいといえば怪しい。何より動機がある。彼女が黒幕でなくても、誰かに指示されている可能性はある」

「わたしは有力筋の娘ではないものね……」

たとえエレディアが死んでも、レジン一族の抗議などたかが知れている。彼らはそう考えているのかもしれない。もちろん、そうだとも言い切れないが。

「それについては、こちらから調べさせておく。女官長については……今はやめさせられないが、対抗できる女性をおまえのところに送り込んでやろう」

「どんな人……？」

エレディアが頭に描いたのは、ベルテを小突くような大柄な女性だった。

「すぐに判る」

アールストはまた微笑み、顔を近づけてきた。唇が触れ合う。なんとも言えない幸福な気分が高まってくる。

アールストの気分はよく変わる。だから、これがずっと続くかどうかは判らない。けれども、エレディアはこの時間を大切にしたかった。いつまで続くか判らない幸せだからこそ、少しでも大事にしたかったのだ。

口づけが深くなる。

やがて、互いの身体を抱き締める手に力が入った。

しばらくして、王妃付きの新しい女官として、ワーリンというふくよかな女性がやってきた。ワーリンはベルテと同じくらいの年齢で、元はアールストの乳母《うば》だったという。王宮勤めをやめて、田舎《いなか》に帰っていたらしいが、アールストの頼みでエレディアの面倒を見ることになったのだ。

「王妃様にお仕えできて光栄です。あなたのような美しい方が花嫁になってくださったなんて……。アールスト様をお育てしたわたしとしても、鼻が高いですわ」

ワーリンは気さくな性格ではあったが、とても頼りになった。古参の女官とは知り合いであったし、ベルテにも辛辣《しんらつ》なことが言えた。国王に直々《じきじき》に頼まれたという強みもあって、彼女はいつもエレディアに付き添い、女官長が本来すべき仕事も奪った。王宮内のしきたりや作法、行事についても、細かく教えてくれたのだ。

「ワーリンが来てくれて、本当に助かったわ。王宮内のことも何も教えてもらえなくて、これからどうしていいか判らなかったの」

彼女に二人きりで話がしたいと言われて、こぢんまりとした王妃専用の私室にいるとき、エレディアはそう言って、彼女に感謝の気持ちを伝えた。

「アールスト様……いえ、陛下に王妃様のことを頼むとまで言われたのですよ。よほど、王妃様が大切なのですね」

そんなことはない。だが、彼女にはそう思わせておいたほうがいいだろう。何故なら、彼女は自分が育てたアールストに夢中だからだ。自分の息子のように思っている相手が、自分の妃に対して大した感情を抱いてないと知ったら、どんなに傷つくだろう。彼女の中では、今でもアールストは心優しい王子様なのだ。

「ええ、もちろん……とても大事にしてくださっていて、陛下には感謝しているわ」

ソファに座るワーリンはにっこりしながらも、何故だかそわそわしていた。二人きりにならないといけないような話とは、なんなのだろう。そういえば、彼女は毒殺について、アールストから知らされているのだろうか。

「実は……王妃様にお話をしておきたいことがあったのです。その……陛下のことで」

アールストのことは、聞いてみたかった。特に、彼の幼い頃のことを。

何度か彼女に訊こうと思ったこともあったのだが、彼の知らないうちに秘密を探り出そうとするかのようで、どうしても踏み切れなかった。

「もし、あなたが話してもいいと思うのなら……わたしは聞きたいわ」

「ぜひ、聞いていただきたいと思っています」

　ワーリンはもじもじとした態度をやめて、背筋を伸ばし、エレディアに目を向けた。彼女には何か話しておかなければならないことがあるのだろう。

「判りました。どうぞ話してください」

　エレディアは一人掛け用の小さなソファに座り、ワーリンが話してくれるのを待った。

「もしかしたら、噂が王妃様の耳にも入っているかもしれませんが……。アールスト様がお生まれになる前からある噂なのです」

　彼女は急に小さな声になった。

「先代の王妃様……つまり、アールスト様の母君ですが、国王以外の男性と関係を持ち、アールスト様を産んだという噂があったのです」

　エレディアは血の気が引くような気持ちがした。ルフェルと一緒にいたとき、あれほどアールストが怒ったのは、自分の母親の例があったからなのかもしれない。

「それは……ただの噂なの？　それとも……」

「それは判りません。噂の出所も判りません。アールスト様は先代の国王のお子様として、不審な点はありませんでした。その……容貌《ようぼう》が極端《きょくたん》に違うとかいうこともなく、髪の色、目の色は母君と同じでしたし……。ただ、父君ととても似ているというわけでもなかったのです」

肯定も否定もできない状況だったわけだ。どうしてそんな噂が出たのか判らないが、周囲による悪意のある嘘だったということも考えられる。先代の王妃がどういう家柄の女性だったか知らないが、王妃になったことで恨みを買ったかもしれない。エレディアだって、いつそんな噂を流されるとも限らない。実際、ベルテはルフェルが王妃の間にいることを、何かとても大変なことのようにアールストに告げ口した可能性があるからだ。

「ルフェル様のときは、髪と目の色、それから顔立ちが国王様に似ていましたから、噂があったとしても消えてしまいました。アールスト様の場合は、ずっと噂が続いたのです。王家の血を継いでないと……本当は国王になる資格がないのだと……」

エレディアはゾッとした。悪意ある噂は、王妃だけでなく、罪のない子供まで巻き込んでしまうのだ。

「アールストは……それを知っていたの？」

ワーリンは頷いた。

「わざわざお耳に入れる者がいたのですよ」

「ひどい……！」

幼いアールストが目の前にいたなら、頭を撫でて、抱き締めてあげたかった。どれだけ傷ついたことだろうと思うと、涙が出てきそうになった。

「アールスト様が王家の血を継いでいるのかどうか、結局、判らないままです。確かめるすべはないのですから。アールスト様は世継ぎの第一王子として教育を受け、そして、即位しました。けれども、ルフェル王子が正当な継承者だと思っている一派が今でもいるのです」

「そんな……」

だから、アールストは弟をあれほど目の仇《かたき》にしていたのだ。彼はルフェルが野心を持っているかもしれないということをほのめかしてもいた。

それに……。

彼が血筋にこだわるのは意味があったのだ。昔のすたれた掟《おきて》を持ち出して、正当な継承者だからこそ、月の民の血筋の娘と結婚するのだと……彼はそのためにエレディアを脅《おど》かしてまで花嫁にした。

これで、すべての辻褄《つじつま》が合う。彼はただ自分の即位の正当化のために、エレディアと結婚する必要があったのだ。

エレディアは愕然《がくぜん》とした。彼が結婚した理由は知っていたが、その理由の裏にそんな秘密が隠されていようとは思わなかった。

「即位してから、その噂はあまり表立ってされなくなったのでしょうね。でも、覚えている人はいます。アールスト様の即位について、疑問を抱いている者も。ルフェル様にはその気がなくても、担《かつ》ぎ上げて、自分達の有利に事を運ぼうとする者もいます。アールスト様は厳しいお方ですから、恨みを買うこともあるのです。それに……花嫁選びに不満がある者もいます」

エレディアは同意した。自分はそれに苦しめられてきたからだ。

「アールスト様は立派な国王です。ですが、国の政治など、誰にでもできると高をくっている連中もいます。アールスト様はご自分で危険を承知なさっていますが、王妃様が何も知らされないままでは、自ら罠《みずか》にはまってしまうことも考えられます。だから……アールスト様は不本意かもしれませんが、わたしは王妃様にすべてを打ち明けておくべきだと思ったのです」

つまり、これはアールストには秘密だということだ。ワーリンはアールストを心配し、エレディアのことも心配したからこそ、打ち明けてくれたのだ。それを知ったら、きっとアールストは激怒するだろう。血筋だけが欲しくて娶《めと》った花嫁が、彼の血の正統性が疑われていることを知っていたとしたら……。

「ありがとう、ワーリン。言いにくいことだったでしょうに」

「いいえ、王妃様。わたしは幼いアールスト様をそれこそ命懸けで守ってきました。またアールスト様がわたしを必要とするときが来たのですから、今度は王妃様を命懸けでお守りします」

命懸けとは、本当のことだったのだろう。エレディアは彼が育ってきた環境を思うと、自分の置かれた状況など大したことではないと思うようになった。

彼は小さいときから、もっと大変な状況にいたのだ。命を狙われたことだって、きっと何度もあったことだろう。

「わたしが毒殺されそうになったことは……？」

「伺っております。わたしがお傍にいる限り、そんな真似はさせません」

彼女はアールストの産みの母ではないが、育ての母なのだ。とても強い。そして、同時に何もかも包み込むような優しさを持っている。それは、まさしく母性というものだった。

それを感じて、エレディアは彼女に感服《かんぷく》するしかなかった。

「ワーリン……」

エレディアは立ち上がり、ワーリンの隣に座って、彼女の手を取った。

「あなたに命を懸けてもらいたくないわ。あなたの命は大切だもの」

アールストはきっとワーリンを大事にしているはずだ。少なくとも、血筋だけが取り柄の自分よりは。

「王妃様の命ほどの価値はありません。いいんですよ、親戚の家に厄介《やっかい》になっているだけの身ですもの。こうしてアールスト様に呼んでいただいて、もう一度、何かのお役に立てるのなら……命など惜《お》しくはないのです」

エレディアは彼女の置かれた状況が判った。長い間、乳母として王宮勤めをしたため、

王宮の外に居場所がなくなっているのだ。彼女は最後の奉公《ほうこう》のようなつもりで、ここにいることに気づき、エレディアは怖くなった。

「判りました。でも、命は大切にして。アールストはあなたが殺されたりしたら、きっと後悔するわ。あなたを呼び寄せるんじゃなかったって……」

ワーリンは微笑んで、首を振った。

「そんなこと、ありませんわ。よく役に立ったと、おっしゃるはず」

そうでないことは、乳母である彼女にはよく判っているはずだ。アールストは心の底から冷たいわけではない。少なくとも、ワーリンのことを語るときには、微笑みが浮かぶ。彼はワーリンをとても大切にしている。間違いない。

「それなら、わたしを守るためにも、自分の身に気をつけて」

ワーリンはやっと納得して、頷いた。

「判りました。無駄死にしては、お役に立てませんものね」

エレディアは彼女の言葉を切ない気持ちになりながら聞いた。


エレディアが嫁《とつ》いで、半年が過ぎた。

あれから、毒を盛られたことはない。アールストとの仲は特に進展もせず、かといって、冷たい仲にも戻らなかった。ベッドの中では情熱的になり、その他では二人とも冷静に接していた。

子宝にはまだ恵まれず……。

そのことで、エレディアにとっては耳の痛いことをたくさん噂されているようだった。それどころか、世継ぎをもうけるために側室を持ったほうがいいと、王に進言した側近がいたという。アールストはまだ結婚して半年だから、そんなものは必要ないとはねつけたそうだが。

エレディアは毎日のように彼に抱かれている。だから、身ごもるのは早いだろうと勝手に思い込んでいた。しかし、今のところ懐妊《かいにん》の兆候《ちょうこう》はない。毎月、月のものが始まると、エレディアは溜息をつくようになっていた。

世継ぎはともかくとして、早く子供が欲しかった。子供がいれば、淋《さび》しさが紛《まぎ》れるそう。エレディアは淋しかったのだ。毎夜のように抱く夫がいても、それはベッドの中で親密なだけだ。外では公務以外で顔を合わせることは、ほとんどなかった。仕方ないと思うものの、やはり淋しい。同じベッドで眠っていても、何かが物足りなかった。

「子供がいつ授《さず》かるのか、神託《しんたく》を受けられないのか？」

ある夜、ベッドに入って、キスしている合間に、アールストはそんなことを口にした。

エレディアはぎくりとする。それだけは、訊いてほしくなかった。

「……自分のことはダメなのよ」

「それなら、この国の未来はどうだ？　世継ぎがいつ生まれるのか……その世継ぎが無事に即位できるのかどうか……」

彼は本当にそんなことが訊きたいのだろうか。この国の未来とは、自分の未来と同じことだ。神託に、自分のことを訊いてはいけないという決まりはない。ただ、多くの月の民が、自分の未来を神に尋ねたりしない。聞かないほうがいいこともあるからだ。

未来は必ずしも薔薇色ではないということだ。明るい未来だけが選べるなら、苦労はいらない。

「エレディア……」

アールストは肩に手をかけてきた。視線を逸らしたせいで、何かおかしいと感づかれてしまったようだ。

仕方ない。ずっと黙っていたが、きちんと言うときが来たのだ。この機会を逃せば、彼は虚像《きよぞう》のエレディアを信じることになる。

「わたし、その能力がないの」

アールストは目を細めた。

「どういう意味だ？」

「未来が読めないという意味。預言はできない。したことがないのよ」

彼はがばっと起き上がって、横になっているエレディアを睨みつけた。

「おまえは私を騙したのかっ！」

見下ろされるのが嫌で、エレディアも身体を起こした。

「騙してなんかいないわ。あなたは私にそういう能力があるかどうか、一度も訊かなかったもの」

ただ、薄々《うすうす》、彼が自分に預言の能力があると思い込んでいるのは、判っていた。それなのに、素知《そし》らぬふりをしていたのだ。

「……月の民の一族はみんな能力を持っていると思っていた。長《おさ》の孫娘なら、当然だと」

アールストはショックを受けているようだった。とんだ偽物《にせもの》を掴まされたと言いたげな表情で、エレディアの心は傷ついた。

「一族の中でも預言のできない者はいるわ。一生できないままか、それとも、いつかは能力が現れるものなのか知らないけど……」

「おまえは正直に言うべきだったな。結婚する前に」

憎々《にくにく》しげに言われて、エレディアはそっと視線を外した。

「あなたが一方的に結婚を決めたのよ。わたしを脅かして……」

「私が何を重視していたのか、知っていただろう？」

「あなたはレジンの血を引く世継ぎが欲しいと言ったのよ。あなたが重視していたのは、血筋だけ……」

「おまえにその能力がないと知っていたら、娶《めと》ったりしなかった」

エレディアは蒼白となった。彼は血筋ではなく、能力のあるなしをより重視していたということだろうか。いや、それでも、彼女は結婚しなければならなかった。そうしなければ、まだ若すぎる従姉妹《いとこ》が犠牲になってしまう。そんなことは、一族の年長者として、許すことはできなかった。

犠牲者は自分ひとりでいい。彼に一族の中をかき回されることだけは嫌だった。

「今更、そんなことを言うなんて……！」

能力が発現していないことは、どうしようもないことだ。エレディアの自由にはならない。同じ月の民であっても、能力には個人差がある。確かに長の孫娘なら、能力があるだろうと思われても仕方がないかもしれない。

「私こそ言いたい。結婚して半年も経って、今更……。能力がないだと？　それなら、おまえは月の民とは言えない」

彼は自分の血の正統性を信じたいが故《ゆえ》に、いにしえの掟に従って、レジンの娘と結婚したがった。それは判っていたことだが、彼がエレディアに求めるものは、結局、それだけだったのだろうか。

能力がないだけで、彼はエレディアのすべてを否定している。結婚したことさえも、彼にしてみれば、無効にしたいくらいの衝撃なのだろうか。

「おまえは役立たずだ」

その言葉は、エレディアの胸の奥を鋭く切り裂いた。それは長い間、エレディアが自分に対して思ってきたことだった。

そう。月の民、預言の民として、自分はずっと能力の片鱗《へんりん》が見えずに苦しんでいた。

そして、アールストと結婚することになったとき、こんな自分でも一族の役に立てるのだと思ったのだ。自分が結婚すれば、従姉妹を犠牲にせずに済む。王族との結びつきは、一族にも恩恵をもたらすだろう。だからこそ、我慢して嫁いできたのだ。

自分はこの王宮の中で、精一杯、王妃として努力してきた。それなのに、彼は結婚を失敗だったという。エレディアのことを役立たずだと。

「わたしは……月の民よ。その血が流れているもの。能力は発現しなくても、潜在《せんざい》的にはある。一族の誰に訊いても、そう答えるわ」

エレディアは顔を上げて、アールストの視線をまともに受けた。彼の鋭い眼光《がんこう》に怯《ひる》みそうになったが、負けたくなくて睨み返す。

「あなたが欲しいのは、わたしの血筋だけじゃないの！　わたしとの間に子供が欲しいだけ。他に何が必要だって言うの？」

「誠実さだ……！　せめて、最初に言うべきだった」

エレディアはゆっくりとかぶりを振った。

「あのとき……わたしはあなたに初めて会ったのよ。どこまで誠実になっていいか判らなかった。いきなりやってきて、結婚すると決めている人に、一体何が言えたの?」

心を開けるはずがなかった。今でも、完全に彼に心を開いているとは言えないかもしれない。何故なら、彼が心を閉ざしているからだ。

彼は自分を愛してはいない。ずっと前から判っていたが、それでも、彼が優しいときは、ひょっとして……と期待を抱くときもあった。しかし、こうして能力がないばかりに、何もかも否定されて、エレディアはがっかりした。愛情など、彼にあるわけがない。愛情があれば、こんなことで役立たずだと非難してくるはずがなかった。

預言の能力なんて、妻に必要なものでもないだろうに。神託をしてもらいたいなら、エレディアの実家を訪ねればいい。それだけのことだ。

彼には判らないのだ。何が大事なのかが。

「わたし……自分の部屋に戻るわ」

エレディアは緩んだサッシュを締め直して、ベッドから下りた。そして、隣の自分の寝所へと向かう。

「……待て」

押し殺した声が聞こえてきて、エレディアは振り向いた。アールストはベッドから下りると、まっすぐに自分のほうへとやってくる。そして、腕を乱暴に掴んで、引き寄せた。

「なんなの？　わたしに用なんてないでしょう？」

エレディアは手を振り払いたかった。腹立たしくてたまらない。彼は血筋のために結婚し、今になって自分を非難するのだ。

愛情がなかったとしても仕方がない。それでも、自分は精一杯、自分でできることをしてきた。彼は半年の間、エレディアが努力してきたことを、すべて否定したのだ。そんなことは、とても許せない。

たとえ、彼のことを愛していたとしても……。

「おまえは自分の務めを果たすべきだ」

「でも、あなたは……」

「おまえの言ったとおりだ。私はおまえの血を引く世継ぎが必要なんだ。おまえはそのために嫁いできたんだからな。務めは果たしてもらおう」

エレディアを軽々と抱き上げて、ベッドに連れ戻した。役立たずだと非難されたことは、まだ頭の中に残っている。こんな気持ちで、彼に抱かれたくなかった。

「やめて……！　今日は嫌よ」

エレディアはつい、ベッドの中で彼を拒絶してはいけないという約束を忘れて、嫌だと言ってしまった。

「どういうつもりだ？　まさか忘れたわけではないだろうな？　私を拒絶したら、どうなるか……」

どうなるのか知らない。しかし、容赦はしないと言われたことは確かだ。

「ごめんなさい……。わたし……」

エレディアの目に涙が込み上げてきた。彼がずっと優しかったから忘れていたのだ。そんな残酷な言葉を言われたことなど。

いや、忘れてしまいたかったのだ。彼がどんなつもりで自分と結婚したかということも。この身体くらいしか、彼を惹きつけるものがないことも。

涙がぼろぼろと零れていく。しかし、アールストはエレディアを許すつもりはないようだった。彼女を引っ張って、窓のところへ連れていく。

窓を開くと、そこにはバルコニーとなっていて、建物から大きく張り出していた。アールストは容赦《ようしゃ》なくエレディアを引き立てて、石の手すりがある部分へと連れていく。素足のままだから、冷たい。そして、今の季節はとても寒かった。薄いローブ一枚でいると、凍えそうだった。

まさか、ここに置き去りにされてしまう……？

一晩ここにいたら、凍え死んでしまうかもしれない。彼はそんな仕打ちを自分の妻にするつもりなのだろうか。

「月はおまえの一族の象徴だと聞いた」

夜空には煌々《こうこう》と照《て》らす満月があった。レジン一族の紋章に、満月と三日月があしらわれているることを、アールストは知っているのだろうか。

「この月の下で……おまえを抱いてやろう」

「どうして、こんなところで……？」

「おまえの罰だ。私を騙した罪。それから、私を拒絶した罪だ。おまえの一族の象徴である月の光の中で、おまえを辱《はずかし》めてやる」

彼は本気だった。本気でわたしを罰するつもりなのだ。

逃げたかったが、逃げてどうなるものでもない。彼をこれ以上、怒らせたら、どうなるか判らなかった。

「見回りの兵士が下にいる。気づかれたくなかったら、声を抑えるんだな」

彼はエレディアを手すりの前に立たせると、後ろから彼女の身体を抱き締めてきた。ローブの隙間から手を差し込み、乳房を掴む。

やめて……！

そう言いたかった。しかし、言えば、また彼は怒るだろう。唇を引き結び、じっと堪《こら》える。乳房を揉むように愛撫されて、乳首を撫でられる。今まで何度となくされたことだが、エレディアの身体も今までと同じように、次第に熱くなってくる。

自分でも信じられなかった。こんな寒空の下、彼はあからさまに罰だと言っているのに、どうしていつもと同じ反応をしているのだろう。

でも、月が……。

満月がエレディアの視界に入る。身体の隅々まで、その光が入ってきて、自分の中に溢れてくるような気がした。

「あ……」

エレディアは小さな声を上げた。彼の手が胸だけではなく、脚の付け根のほうも触れてきたからだ。慌てて唇を引き結び、声を出さないようにしたが、彼は容赦なく敏感な部分を指先で弄《いじ》ってくる。

腰が揺れる。ローブの隙間から手を差し込まれているため、はだけそうになってしまっている。もちろんローブの下には何も身につけていない。

もう寒さも感じない。全身が熱くなっているからだ。

彼の指が内部へと挿入されて、思わず身体を強張らせた。指だけじゃ足りない。彼に抱かれることに、慣れてしまっていたからだ。こんな場所でされていることも忘れるほど、エレディアは彼を強く求めていた。

彼の股間のものがそそり立っているのは判っている。お尻に当たっているからだ。エレディアは腰を蠢《うごめ》かせながら、彼の股間に自分のお尻を擦《こす》りつけるような動作をした。はしたないことは、よく判っている。恥ずべきことかもしれないとも。

それでも、もう我慢ができなくなっていた。

月の下で、彼は好きなように抱けばいいのだ。これが罰だというならば。

アールストは指を引き抜き、後ろから彼女の身体を深々と貫いた。

「……っ！」

ひそやかな呻き声が一瞬だけ唇から飛び出していた。けれども、後はなんとか我慢できた。彼はエレディアの腰を抱いて、何度も奥まで己を突き立てた。ローブの後ろの裾は捲り上げられ、恥ずかしい姿になっている。エレディアは石の手すりに手をつき、なんとか自分の身体を支えていた。

月が……銀色の月が……。

エレディアの瞳にはもはやそれしか映っていなかった。

やがて、絶頂に押し上げられ、声を出さないようにするため、必死で唇を噛み締めた。アールストも少し遅れて、彼女の中で昇りつめる。ぐっと腰を押しつけられ、そのときもエレディアはただ月を見ていた。

自分が自分でなくなったようだった。感覚はある。絶頂から気《け》だるい余韻に至るまで、自分の身体はきちんと感じている。

しかし、エレディアの意識は半分、何かに乗っ取られたようになっていた。

月の力が全身に行き渡ったような気がした。アールストはエレディアの乱れたローブをきちんと直して、サッシュを締め直した。

「エレディア……どうしたんだ？」

アールストはエレディアの顔を覗き込んだ。彼女の目はまだ月に向けられていて、彼を見ることができなかった。身体がもはや自分の自由には動かない。どうしたらいいのか、エレディア自身も判らなくなっていたのだ。

「エレディア！」

彼は彼女の肩を揺すり、自分のほうを向かせた。

そのとき、エレディアの頭の中に、いろんなものが物凄い速さで浮かび、そして消えていった。

何……今のは……？

彼女の口がひとりでに開いた。

『争いが起きる』

「争いだと？　どういうことだ？」

アールストは眉をひそめて、様子のおかしいエレディアを見つめていた。エレディアは何者かに操《あやつ》られているように、自分の身体の自由を奪われていた。

誰……？　誰がわたしの口を使って、喋《しゃべ》っているの？

『血が流れる。気をつけろ』

「……何に気をつけるんだ？」

『敵は潜んでいる』

エレディアはそう言った途端、身体から力がふっと抜けていくのが判った。途端に、エレディアはバルコニーに崩れ落ちそうになる。それをアールストが抱きかかえた。

「エレディア！」

彼の声が何故だか遠くに聞こえる。彼の腕の感触はちゃんと判るのに。

そのまま、エレディアの意識は暗く沈んでしまった。


目を開けると、まだ辺りは暗かった。だが、自分はどうやらベッドに寝かせられているらしい。ベッドの傍らにはアールストがいた。

ここは彼のベッドだわ……。

テーブルの上に蝋燭《ろうそく》の明かりがある。アールストはエレディアが目を開けたのを見て、ほっとしているようだった。

「よかった。医師を呼ぼうかと思っていたが……」

「わたしは……大丈夫」

自分の身に何が起こったのか、判っている。信じられないが、今夜、満月の光を浴びたときに何かが変わってしまったのだ。

「あれは預言だな?」

アールストはエレディアの髪を撫でながら尋ねた。彼女はその手の温もりを意識しながら、そっと頷いた。

なんて皮肉なこと……!

その能力がないと告白し、責められたばかりだというのに、自分は一族の象徴である月の下で辱められているときに、能力が発現したのだ。

今まで何度も月に向かって祈《いの》りを捧《ささ》げたのに、能力は現れなかった。それが今になって、何故……。

「自分が言ったことを覚えているか?」

「もちろん。でも、誰かが口を借りて言ったのよ」

それが誰かというと、神に他ならないだろう。

「争いが起きる。血が流れる。気をつけろ。敵は潜んでいる。……おまえはそう言った。意味は判るのか?」

「いいえ。同じ月の民でも、個人個人によって神託の受け方は違うの。頭の中に浮かんだことを、自分の言葉で言う人もいる。わたしは何かが身体に入り、自分の意思ではなく、言葉を喋った。この言葉の解釈は難しいわ」

それでも、何度も預言していれば、解釈しやすくなるという。エレディアは初めてのことなので、自分の言葉をどう捉《とら》えていいか、まだ判らなかった。

「だが、これでおまえが月の民として証明された。私はおまえが誇《ほこ》らしい」

アールストの言葉に、彼女は心が凍りつくような気がした。

褒められたのだ。それは判っている。けれども、能力を持つことが、それほど素晴らしいことなのだろうか。レジンの血を受け継ぐことが、彼にとっては、それほどまでに望ましいことなのか。

エレディアは自分という人間の価値が、努力以外のところで評価されていることに嫌悪を覚えた。

わたしは……あなたのなんなの？

世継ぎのためだけの結婚を無理強《じ》いされて、それでも自分は耐えてきたと思う。王宮のいろんなことも前向きに解決してきた。アールストとの仲も、最初のときよりずっとよくなってきた。

そんなことより、彼は預言の力のことを重視している。

もちろん、そこには愛はない。

今になって、寒空の中で抱かれたことを思い出し、身震いをした。彼がどんなに怒ったにせよ、あんな真似をするなんて信じられない。

「寒いのか？」

アールストは自分の身体で暖めようとするかのように、ベッドの中に入ってきた。そして、エレディアの身体をふわりと抱き締めてくる。

「悪かった。騙されたと思ったら、カッとして……ひどいことをしてしまった」

もし、わたしが預言をしなくても、こうして謝ってくれたかしら。

エレディアはそんなひねくれたことを考えてしまった。それでも、彼に抱かれていると、身体は徐々に温かくなってくる。

彼の言葉ひとつで、自分の心は一喜《いっき》一憂《いちゆう》してしまう。それがひどく腹立たしかった。彼のことなど、どうでもよかったらいいのに。無理強いされた結婚で、冷たい関係のままだったなら、自分はこれほど苦しまずに済んだだろう。

彼が好きだから……。

愛しているから……。

とてもつらい。愛してもらえない。身体だけ。そして、血筋だけ。彼はそれしか関心がない。

月の民、レジンの娘ではなく、一人の女性として愛してほしい。

けれども、それは無理なのだろう。

エレディアは彼の胸に顔を埋めた。彼の手が髪を撫でていく。それでも、心が満たされることはなかった。


翌朝、目が覚めたときに、なんだか調子が悪かった。気分がどうしても優《すぐ》れない。

「どうした？　エレディア」

アールストに心配かけまいと、なんとか笑みをこしらえたが、彼は眉をひそめたままだった。

「昨夜、医師を呼ぶべきだった」

「大丈夫よ。大したことはないわ」

安心させようとして言ったものの、やはりどうにも吐き気がする。

「顔色が悪い。やはり医師を呼ぼう」

「大げさよ……」

しかし、彼は聞く耳を持たない。エレディアを抱き上げて、王妃のベッドに戻すと、自分の従者を呼び寄せて、医師を連れてくるように命令した。

医師がやってくる間に、彼は身支度を整えた。エレディアは自分だけ身体が言うことが聞かずにベッドに寝たままなのが嫌だった。何かの病気だろうか。それとも、昨夜の預言が原因で、体調を崩したのか。

もっとも、預言で体調を崩すなんて話は聞いたことはないが。それより、あの寒い中で抱かれて病気になったというほうが、まだ可能性がありそうだった。

リアとワーリンがやってきて、エレディアの世話を焼いた。二人とも、何故だか上機嫌だった。何かいいことでもあったのか、後で聞いてみよう。

まもなく医師がやってきた。アールストも気になるのか、彼女のベッドの傍らに立ち、医師の診察の一部始終に立ち会うつもりのようだった。医師はエレディアの症状を聞き、次に身体を診た後、質問してきた。

「ところで、王妃様。最後に月のものが来たのは、いつでしたか？」

エレディアはぽかんと口を開いた。半年もの間、そのことに心を悩まされていたはずなのに、それをすっかり忘れていたのだ。

予定より遅れていることに気づいて、それを伝えると、医師はにこやかにアールストに告げた。

「陛下、王妃様のご懐妊おめでとうございます」

アールストは驚きつつも、懐疑《かいぎ》的な態度だった。

「間違いないか？」

「まず間違いないと思います。夏には可愛い王子様か王女様がお生まれになるかと」

やがて、彼の顔に明るい笑みが広がった。

「エレディア、健康な赤子《あかご》を産むために、身体を大切にしないといけないな」

「ええ……」

なんだか信じられなかった。昨夜から立て続けに、いろんなことが起きたからだ。今まで半分諦めていた預言の能力が開花し、突然、子供を身ごもったという。

「おめでとうございます！　王妃様、立派なお子様がお生まれになるよう、わたしもお手伝い致します」

ワーリンは感激したように言った。彼女にとって、アールストは息子のようなものだ。ということは、エレディアが産む子供は、彼女の孫のようなものだ。彼女もリアも薄々、気づいていたのだろう。だから、妙に機嫌がよかったのだ。

「そうね。健康で立派で可愛い子供を産まなくてはね」

最初は実感がなかったが、喜びがじわじわと広がってくる。夏には子供が生まれるのだ。アールストとの子供が。

どんなに可愛いだろうと思うと、自然に笑顔になってしまう。

「まず、朝食をお食べにならないといけませんね。よさそうなものを選んで、持って参ります」

「でも、病人ではないのだから、ちゃんと起きて過ごしたほうがいいのでは……？」

医師に尋ねると、彼は頷いた。

「しかし、無理をしてはいけません。特に朝は気分が悪くなることが多いので、お部屋で食事をなさるほうがいいでしょう。それから、疲れたら、すぐにお休みください。あまり気を遣いすぎてもよくありませんが、お身体にはくれぐれも気をつけていただかないといけません」

アールストは傍でいちいち医師の言うことに頷いている。懐妊したことで、アールストの態度がまた変わってしまうような気がして、エレディアは心配だった。二人の間には激しい欲望があったが、彼はとてもこちらの体調を気にしている。今までと同じようにはいかないだろう。

身ごもったことは嬉しいが、彼との仲が疎遠《そえん》になることは悲しかった。毎晩、同じベッドで抱き合い、眠り、そして目覚めていた。他のところではあまり接触がないのだから、ベッドの中だけが二人が触れ合う場所だったのに、それがなくなるのは嫌だった。

かといって、エレディアはアールストが決めたことには逆らえない。文句さえも受けつけてもらえないだろう。

アールストは機嫌よくエレディアの手を取ると、そこにキスをした。

「今日のところは休んでおくといい。元気な子供を産んでくれ」

彼は上機嫌のままで部屋を出ていった。不安を感じているエレディアを残して。

医師もワーリンもそれぞれの仕事のために出ていった。ワーリンが浮かれているのは、すぐに判る。リアも嬉しそうにしていて、エレディアに何かと気を遣ってくれた。

そのうち、ワーリンが朝食を持ってやってくるだろう。

懐妊の話は、きっとすぐに王宮中に広まる。エレディアはまだ毒殺されかけたことを忘れていなかった。世継ぎを身ごもったかもしれないという事実は、この王宮に潜む敵を刺激するのではないかという恐れもあった。

『争いが起きる。血が流れる。気をつけろ。敵は潜んでいる』

昨夜の預言を思い出し、エレディアは更に不安になる。

敵とは、自分を毒殺しようとした人間のことだろうか。それとも、まったく別のことなのか……。

自分の預言が当たらなければいい。血など流れてほしくない。争いも起きてほしくなかった。

みんな……みんな無事でいて。

エレディアはただそれだけを願っていた。

エレディアが思ったとおり、懐妊の話はあっという間に王宮中に広まった。きっと王宮だけでなく、外にも広まったに違いない。

そのおかげで、エレディア宛に贈り物がたくさん届くようになった。食べ物やドレス用の美しい布地、それから珍しいものなどだ。貴族や領主、それから異国の王からも届いた。そして、レジン一族の長からも心尽くしのものが贈られてきた。しかし、一番嬉しかったのは、母からの手紙だった。

懐妊した途端、周囲の扱いが本当に変わった。王妃はもちろん一目置かれていたのだが、そうではない場合も多々あった。しかし、ベルテは掌を返したように、気味悪いくらいに優しい言葉をかけるようになってきた。もちろん彼女が本心からそう思っているのかどうかは判らない。世継ぎを産めば、王妃は王の妃というだけでなく、将来の王の母ともなるのだ。王宮内の権力は増すことになる。

ワーリンが来てから、古参の女官はすでにエレディアのほうにつくようになっていたし、これで女官に関する限り、長い間、自分を悩ませていた問題が消えたようだった。

ただ、エレディアのお腹にいるのが世継ぎかもしれないということで、警備が厳重になった。それは仕方のないことだろう。エレディアとしても、自分だけでなく、お腹の子供まで危険に晒《さら》されることになったら、たまらない。

まだお腹は膨らんでおらず、時々、自分が懐妊しているとは思えなくなるのだが、医者の見立てが間違っているはずがない。つわりは続いていたが、ワーリンやリアが始終、気遣ってくれて、なんとか乗り切れるような気がした。

ただ……アールストはエレディアの寝所を訪れなくなっていた。

懐妊が判って以来、そうだった。最初は体調を気遣ってくれているだけだと思った。けれども、それが毎日続くと、エレディアの心に疑いの気持ちが芽生《めば》えてきた。

彼が欲しかったのは、レジンの血を引く世継ぎだけだ。懐妊した以上、エレディアには用はない。彼女を抱く理由はないし、まして一緒のベッドで眠る理由はないのだ。

お腹に子供がいるともなれば、欲望にも火はつかなくなるのかもしれない。エレディアのほうは、彼に優しく抱いてもらいたかった。一緒に朝まで眠りたい。彼の温もりを感じたくて仕方がなかった。

そもそも、アールストと二人きりでいられるのは、ベッドの中だけだった。その時間が持てないとなると、顔を合わせることすらあまりなくなった。何しろ、アールストはエレディアの公務も減らしたからだ。出産までゆっくりしていろと言われて、嬉しくないわけではなかったが、彼は世継ぎの誕生だけが楽しみで、エレディアのことなどどうでもいいのかもしれないと思ってしまう。

せめて、つわりが終われば、きっと自分の気持ちも上向きになれるだろう。そう思いながらも、なんとなく今の状況が嵐の前の静けさのように見えて、不安が治まらなかった。

ある夜、エレディアは自分からアールストの寝所の扉を開けてみた。自分からそうしたことは一度もない。そうする必要がないくらい、アールストは足しげく自分をベッドに連れ込んだからだ。

けれども、彼の寝所には誰もいなかった。

どうして……？

この時間にはいつも彼は部屋にいたはずだった。もしくは、エレディアのベッドの中にいた。毎夜のように、彼はエレディアを抱き、眠りについていたのだ。彼のように欲望の強い男が、もう何日も寝所に来ていない。

エレディアは誰もいないベッドを見つめ、はっとして息を呑んだ。

まさか……！

別にエレディアだけが女性ではない。この王宮にはいくらだって女性はいる。国王が誰かを見初《みそ》めたとして、拒絶する女性はそれほど多くないに違いない。王の寵愛《ちょうあい》を得られれば、その者は寵姫として権力を振るうことができる。

そこまで寵愛を得られないにしても、側室になれば、周囲の扱いは違うのだ。

そんな……考えすぎよ。

エレディアは扉を閉め、自分のベッドに入った。自分が事実でないことを、事実であるかのように想像しているだけかもしれない。けれども、現実に、アールストは寝所にいなかった。

今……どこで何をしているの？

彼はどこかで別の女性を抱いているのだろうか。エレディアにしたように、その女性の髪を手で梳き、身体を愛撫しているのか。

涙が込み上げてきて、ベッドの中で拳《こぶし》を口に当てた。その場面を見たわけでも、なんでもない。こんなことは、自分のただの妄想《もうそう》だ。そう思うが、彼がエレディアのベッドに来ないことも、自分の寝所にいないことも事実なのだ。

わたしはもう彼にとって用のない存在なの？

二人はもっと情のようなもので繋がっていると思っていた。それが愛でないにしても、アールストだって情があるからこそ、半年の間、彼女と一緒に眠っていたのだと思っていた。

月のものがあるときでさえ、ベッドは共にしないまでも、声をかけてくれることくらいはしてくれた。そうだ。話をしてくれるだけでも嬉しかったのだ。だが、今はそれもない。

アールストが結婚した理由は最初から判っていた。世継ぎのためだ。けれども、いつしかエレディアはそれ以上のものを彼に求めるようになっていたのだ。自分が彼を愛していたから。ほんの少しでも愛情が欲しかった。

こうして突き放されてみて、エレディアは自分の王妃としての立場はやはり不安定なものだと悟った。いや、王妃としてではなく、アールストの妻としてだ。二人の結婚は最初から正常なのではなかったのだ。だから、二人がベッドに入っていた間はそうではなくても、彼が背を向けた途端、元の正常ではない関係に戻った。

アールストが国王などでなければよかった。身分も何もない普通の男だったなら、エレディアとの間にこれほどの溝《みぞ》はなかっただろう。彼が国王で、自分は王妃で……それが悲しい。彼が普通の男であったなら、レジンの血を引く息子など、必要ではなかったからだ。

お腹の子供は愛《いと》しい。健康に生まれてほしいと思っている。

でも……わたしは彼がベッドに戻ってくることを切望《せつぼう》している。何故なら、彼と触れ合う場所がそこしかないからだ。

アールストに愛されたい。それが無理なら、せめて愛される代わりに、ベッドで抱いてもらいたい。

どうして、わたしは彼に遠ざけられているのか……。

他に気に入った女性ができたのでなければ、エレディアにはその理由が判らなかった。

久しぶりにアールストと顔を合わせたのは、晩餐の間でのことだった。夕食でさえ、ゆっくり摂る暇もないのか、彼がエレディアと同じ時間にここにいることは最近ではほとんどなかった。

「瘦《や》せたな……。きちんと食べているのか？」

彼女の顔を見るなり、彼はいきなりそう言った。お腹の子供のことが何より大切なのだろう。

「つわりの時期は痩せる人もいるそうよ。もう少ししたら、身体が丸く膨らんでくるだろうけど」

アールストはそれを想像したのか、笑みを浮かべた。

「楽しみだな。おまえがそうなるのを早く見てみたい」

エレディアは自分のお腹が大きくなった姿を想像できなかったし、あまり見られて嬉しいものではないだろうと思っていた。アールストがどうして楽しみなのか、理解できない。ひょっとしたら、彼はこの場で適当なことを言っているに過ぎないのかもしれなかった。

彼が毎晩、他の女性のベッドを訪れているのなら、それも判る。妻がどれだけ体型が変わろうが、知ったことではないだろう。

実際、彼が毎晩、自分のベッドにいないかどうかは、確かめたことはない。確かめてみて、本当にいなかったら、打ちのめされてしまうからだ。こうした疑念《ぎねん》はよくないと思いながらも、疑念が確実になったらと思うと、怖くて仕方がないからだ。

「毎日……とても忙しそうなのね」

エレディアの問いかけに、アールストは頷いた。

「ああ、そうだな。いろいろやることがある」

それが公務なのか、私的なものなのか、彼女には判らない。

「わたし……あなたに話したいことがあるの」

「なんだ？　なんでも言ってみるがいい」

彼は目を上げて、先を促した。

「あの……後で二人きりで話したいの」

「私は忙しい」

にべもない答えに、エレディアは顔色を失った。ほんの少し話をする時間も取れないというのだろうか。それほど、彼が夢中になるものがどこかにあるということなのかもしれない。

エレディアの顔を見ていたアールストは、そっと溜息をついた。

「仕方ないな。少しくらいは時間が取れるだろう」

「ありがとう……」

エレディアはお礼を言ったが、惨《みじ》めでならなかった。お情《なさ》けで時間をもらった。それなのに、自分は何を話そうとしているのだろう。もうきっと、彼を取り戻せないのだ。

少なくとも、お腹の子供を産んでしまうまでは、彼女には用はないのだろうから。

それでも、彼と二人きりになりたいという気持ちはまだある。

彼に触れたい。キスしたい。抱き締められたい。それくらいのことを、夫であるアールストに望んだとして、何が悪いのだろう。

エレディアは黙って食事を続けた。アールストも何故だか黙り込んでしまう。食事が終わった後、彼はエレディアを連れて、自分の私室へと連れていった。ベッドのある部屋ではなく、彼個人の居間といった位置づけの部屋だった。ソファや書き物机や本棚といったものが並んでいる。

エレディアはソファに座らせられて、テーブルを挟んで座るアールストを見つめた。彼はわざとエレディアから離れているようにしか見えなかった。

「それで、話とはなんだ？　人に聞かれてはいけない話か？」

エレディアは彼が早く話を終わらせようとしているようにしか思えなくて、悲しくなった。

「どうして……あなたはそんなによそよそしくなったの？」

思わずそう尋ねると、彼は視線を逸らした。

「よそよそしくしているつもりはない」

そんなことは嘘だ。今、視線を逸らしたことがその証拠だ。エレディアはもっと穏やかに話をするつもりだった。自分にとって嫌な真実なら知りたくないと思っていたからだ。

しかし、視線を逸らしながら否定されたことで、エレディアはカッとなった。

「じゃあ……わたしのベッドに来なくなったのは何故？」

アールストはエレディアがそんなことを言い出すとは思わなかったのだろう。驚いたように、こちらを見つめてきた。

「おまえがまさかそんなふうに斬《き》り込んでくるとは思わなかった」

慎《つつし》みのある身分の高い女性なら、そんなことを口にできなかっただろう。エレディアだって、言いたくなかったが、言わずにはいられなかったのだ。

「だって、言葉をごまかしても、わたしの訊きたいことはそれだけだもの」

できれば、他に女性ができたなどと言ってほしくない。どんな嘘でもいいから騙してほしいという気持ちもある。しかし、その反面、真実を知りたいとも思ってしまうのだ。

エレディアの心の中は複雑だった。

「私はいろいろ忙しいんだ。おまえの相手ばかりしているわけにはいかない」

「それは……別の人の相手をしているということ？」

なるべく平静であろうとしていたが、やはり声が震えてしまった。本当は、こんなことなんて、訊きたくないのに。

なんとも言えない嫌な気分だった。目の前の男は自分のものだと言いたいのに、そうとも言い切れない。王妃は王のものだが、王は王妃のものだろうか。結婚式で誓いを交わした二人だが、愛情がない以上、彼が裏切ったとしても、自分には文句を言う資格があるとは思えない。

「馬鹿な！」

アールストは一笑に付《ふ》した。

「でも……前に……あなたは自分を退屈させれば、他の人を抱くと言ったわ」

「あれはおまえを脅しただけだ。私は不実な真似はしない。おまえに貞節《ていせつ》を求めるのと同様に、私は他の女を抱いたりしない」

彼はエレディアの目を見て、きっぱりと否定した。エレディアはじっと彼の顔を見つめた。

彼の言葉が信じられるの……？

自分自身に尋ねるまでもなかった。エレディアは彼の言葉を信じた。視線を逸らさずに、こんな嘘をつく男ではないからだ。

「それなら、どうしてわたしと距離を置くの？　今だって、こんなに離れてる。二人きりで話をする時間がなくて、ベッドで過ごす時間もないなんて……。子供ができて、もうわたしに用がないから？」

「ああ……なるほど。そんなことを考えていたのか」

急に優しい口調に変わった。

「この前、おまえを寒空に外に出して、乱暴に抱いただろう？　翌日に懐妊を知らされて、恐ろしくなった。子供に何かあったら、後悔することになる。だから、なるべくおまえから離れていようと思ったんだ」

「そうなの……」

それは彼の優しさかもしれないが、結局のところ、彼が子供にしか関心がないことがよく判った。彼は他の女性を抱いているわけではなく、子供を守るためにベッドには来なかったという。それなら、喜ぶべきだったが、エレディアはなんとなくそんな気にはなれなかった。

わたしはなんて我がままなんだろう。それとも、欲張りなのかしら。

彼は優しい。けれども、エレディアはそれだけでは満足できなかった。もっと欲しいものがある。得られないと判っていても、彼が優しくしてくれる度に、それを望んでしまう。

わたしを愛して。

だが、それが得られないのなら、身体だけでいいから欲しかった。飢《う》えた心を少しでも癒《いや》してくれる何かが欲しかった。

「でも、医師は構わないと言ってたわ。その……別に影響はないんですって」

「……わざわざ訊いたのか？」

エレディアは頬を真っ赤にした。

「違うわ！　でも、そう言ってたの。もちろんダメな場合もあるけど、安定しているときは大丈夫なんだって……」

　医師が一方的に話したことだが、それをアールストに告げるのはやはり恥ずかしい。彼に抱いてほしいと言っているのと同じことだからだ。

「だが……私は怖いんだ」

　意外な言葉を聞いて、エレディアは驚いた。

「何が怖いの？」

「おまえを抱くとき、私は夢中になりすぎる。そのつもりはなくても、おまえや子供を傷つけてしまうかもしれない」

　夢中になりすぎる……。

　身体だけのことにしても、そう言われたことが嬉しくて、エレディアは思わず微笑んだ。だが、それを見て、彼は顔をしかめた。

「笑い事ではない。私は真剣なんだ。だから、このところ、自分のベッドでも寝ないようにしている。扉一枚隔《へだ》てたところにおまえがいると思うと、ふらふらとそちらに行きたくなるんだ」

「じゃあ、あなたはどこで寝ているの？」

「ここだ。このソファだ」

　エレディアは目を丸くした。彼が寝所にいなかった理由は判ったが、まさかここで眠っていたとは思わなかった。

「あなたは国王なのよ。こんなところで寝て……病気になってしまうわ」

「おまえを寝込ませるより、ずっといい」

エレディアの胸の中は希望でいっぱいになり、温かくなっていた。彼はそこまで自分のことを気遣ってくれている。これは並みの優しさではないからだ。

「わたしは……あなたと一緒に眠りたい」

「やめてくれ、エレディア」

「抱いてくれなくてもいいの。キスして、一緒に眠りたいだけなの」

「それができるなら苦労はしない。おまえと一緒のベッドに入って、我慢できると思うのか？　私がかつて我慢したことがあったか？」

なかっただろう、たぶん。

エレディアは幸せだった。この王宮に来て、これほど幸せだと思ったのは初めてかもしれない。彼女はさっと立ち上がって、迷わずアールストの隣に腰かけた。

「エレディア……」

アールストが自分から離れようとしているのを押し留めるように、彼の腕に自分の腕を絡めて、甘えてみた。

「だって、淋しいんだもの。あなたが傍にいなくて……全然、顔も見られなくて……あなたのベッドには誰もいなかったし……」

「寝所に来たのか？」

「あなたが他の女性のところにいると思ったから、自分のベッドに戻って泣いたわ」

「ああ、エレディア……。そんなつもりじゃなかったんだ」

アールストは彼女を慰めるように、髪を撫でてきた。彼の手の温もりが懐かしい。これをもう手放したくない。ずっと、このままでいたい。

「アールスト……キスして」

「それは……」

「お願い。淋しくてたまらないの」

彼は迷う素振りをしたが、それを振り切るようにして彼女を抱き寄せた。そして、唇を重ねてきた。

久しぶりのキス。彼の唇が、舌が、愛しくてたまらない。キスしているだけで、身体がたちまち蕩《とろ》けてくる。彼が欲しくてたまらなくなっていた。

キスひとつで、二人の身体は高まっていた。彼が興奮しているのが判る。どうして他の女性を抱いているなどという妄想をしてしまったのだろう。それが不思議なくらい、今は彼の気持ちが判った。

「ベッドに連れていって……」

エレディアは甘い声で囁いた。誘惑するのなんて初めてだ。けれども、そうしなくてはいけないのだ。

アールストは短いキスをして、エレディアを抱き上げた。そして、自分の寝所に向かう。大きなベッドに彼女を下ろすと、また我慢できないのかキスをしてきた。

彼の昂《たか》ぶりが判る。それがエレディアには嬉しくてならなかった。他でもない。自分だけを求めてくれていると思うからだ。

「優しくする……。そっとするから……」

彼はそう囁きながら、彼女のドレスを脱がせにかかった。コルセットだのなんだのと、脱がせにくいものがあるのが、気に食わないようだった。

「コルセットなんて……こんなものを着けても大丈夫なのか？」

「紐《ひも》を緩めてあるから大丈夫。もちろんお腹が膨らんできたら、つけないわ」

「もう……こんなものは着けなくていい。そのままでいいから。判ったな？　ドレスも妊婦用のがあるはずだ。それを着て、じっとしているんだ」

アールストはこれほど優しい人間だったのだ。エレディアはそれが惜《お》しみなく自分に向けられるのが、嬉しくて仕方がなかった。

彼はエレディアを脱がせてしまうと、いとおしげに、あちこちキスをしてきた。

なんて優しいキスなの……。

エレディアはうっとりした。こんなに幸せなことはない。思いきって、誘惑してみてよかったのだ。

唇をそっと押し当てるようなキスが、エレディアの乳房にもされた。そして、乳首はキスをされた後、唇に包まれた。

感じるのは当然だが、それだけではなかった。彼の温もりが身体中に伝わってきて、エレディアは陶然《とうぜん》となった。

こんな静かな愛撫の仕方があったのかと思う。激しくはないが、彼の手で触れられ、唇が触れるところは、どこでもじんと痺《しび》れてくる。

脚の間に触れられたとき、そこから蜜《みつ》が溢れてくるのを感じた。彼を愛しているからだ。彼に触れてもらいたかったからこそ、こうして濡れてしまうのだ。

それに、彼があまりに優しいから……。

今日やっと、彼が自分のことを本当に大事にしてくれているのだと判った。しかも、隣の部屋にいるだけで抱きたい気持ちが抑えられないくらいなのだと、彼は言った。そんなふうに言ってくれる男性だからこそ、抱いてもらいたくなる。すべてを受け入れて、抱き合いたくなってくる。

彼の気持ちが愛かどうかは判らない。そんな言葉を突きつけたら、彼はそうではないと言うだろう。愛でなくても、大事にしてくれる気持ちがあれば、それでいいのだ。

彼は指だけでなく、秘所にキスをしてくる。エレディアは身体を震わせた。もっと触れてほしい。もっとキスしてほしい。

それから……。

「あなたも……脱いで」

彼と肌の触れ合いをしたかった。それが、どれだけ気持ちのいいことか、もう知っている。

彼がエレディアの身体を大切にする気持ちと同じくらい、エレディアも彼の身体が大事なのだ。どれだけキスしても追いつかないくらい、彼のすべてを愛していた。

アールストは服を脱ぎ捨て、エレディアの脚を開いて、己《おのれ》の分身をゆっくりと埋めてきた。奥まで挿入した彼は、優しい声で尋ねた。

「大丈夫か？」

「ええ……。大丈夫よ」

彼がこうして抱いてくれて、嬉しかった。避けられていた間、あれほど淋しくて悲しかったのに、今は心から幸せだと言える。

愛してる……。

エレディアは声に出さなかったが、心の中でそう囁いた。彼に伝わらなくてもいい。けれども、きっと言葉以外のところで、彼には伝わっているはずだと思う。

身体だけではなく、心も彼のものなのだと。

眼差しや仕草、そして、別の言葉によって。

彼が動く度に、エレディアは身体と共に感情も昂ぶらせていく。

やがて、エレディアは彼の首に腕を回して、自分のほうに引き寄せた。唇が重なる。その瞬間、二人とも、炸裂《さくれつ》するような感覚を味わった。

これで、何もかも幸せになれた……。

エレディアはとても満足だった。


しばらく口づけを交わしたりしていたが、アールストは起き上がった。

「どうしたの？」

「もう行かなくては……」

彼の言葉に、まどろみかけていたエレディアは驚いて目を開け、身体を起こした。

「どこに行くの？」

「側近と話し合うべきことが残っているんだ。これは嘘じゃない」

アールストはエレディアの頬に軽くキスをした。

「私だって一緒に眠りたいが、まだすることがある。今夜はここで先に眠ってくれ。後か

なかった。

　彼が後から来てくれるなら、それでいい。とにかく、別々に眠ることにはもう耐えられなかった。

ら、私も必ず来るから」

「判ったわ」

　そう返事すると、アールストはほっとしたように脱ぎ散らかした衣服を身につけ始めた。

「いろいろ忙しいのね……。一体、何があるの？」

「おまえの預言に従って、王宮の内外について警戒しているんだ。今は隣のバシエラ国の兵士と国境で小競《こぜ》り合いがあるらしくて、ひょっとしたら、それを止めるために私が軍を率《ひき》いなくてはならないかもしれない」

「あなたが？　でも、あなたは国王よ。どうして軍を率いなくてはならないの？」

　一瞬、アールストは難しい顔をしたが、すぐに元の表情に戻った。

「極秘の話だが……将軍の具合がよくないんだ」

　エレディアは結婚したばかりのときに挨拶した将軍の顔を思い出した。頑強《がんきょう》な男性のようだったが、病気なのだろうか。

「もちろん、私は軍を率いるにしても、後方にいることになる。そんなに心配するな」

「だって、あなたを殺そうとしている人はきっといるわ」

「いるだろうな。しかし、むざむざと殺されたりはしない」

彼はそのつもりでも、戦いがある場に出向くとなると、かなりの危険を伴う。実際に怖いのは、敵でなく味方だ。味方が混乱のうちに彼を殺そうとするかもしれないことだけが、エレディアは怖かった。

「それより、怖いのは、おまえを残していくことだ。おまえのほうが危険だ。世継ぎを身ごもっているかもしれないとなれば、余計に命を狙われるかもしれない」

それは判っている。身の回りの警護の兵は増えているし、ワーリンが警戒しているのがすごく判る。

「わたし……ワーリンから聞いたの。ルフェル王子を国王にしたい人達がいるって」

「……そうか。聞いたのか」

彼は怒るかと、エレディアは思っていたが、そうではなかった。かすかに表情を曇らせただけだった。

「だから、私は結婚しているのに不実な真似はしないと言ったんだ。正式に婚姻《こんいん》した間柄で子供をつくらなくては、生まれた子供のほうが可哀想だ」

エレディアは彼の目を見て頷いた。自分もまた不実な真似はしないと示すために。

「あなたは国王として生きるために生まれたのよ。わたしはそう思うわ……。ルフェル王子には、国を動かすような才覚はないと思うの」

もちろん、彼には彼のいいところがあって、他の才能に恵まれている。アールストはどう思っているか知らないが、ルフェル自身も国王になりたいとは絶対に考えていないはずだ。

アールストは肩をすくめた。

「おまえにさえ判ることだな。ルフェルを擁立《ようりつ》しようと考える奴らは、ルフェルを操って、自分達が国を動かそうと考えている」

ぞっとする話だ。その罠にはまってしまったら、ルフェルも不幸になるだろう。彼は音楽や詩や小説のことしか頭にないのだから。

「いずれにせよ、血が流れるような事態は避けたい。私もおまえも、殺されるわけにいかない」

エレディアはそのとおりだと思った。今は小さな赤ん坊が生まれるまで、エレディアは絶対に殺されるわけにはいかない。それに、生まれた子供も守らなくてはならない。守る必要がないくらい成長するまで。

そして、アールストも同様だ。彼が殺されてしまったら、エレディアもその子供も殺されてしまうだろう。

アールストは身支度を整え、最後に剣を腰に差した。以前は剣など持ち歩いていなかったのに。つまり、王宮の中もさして安全ではないということだろう。陰謀《いんぼう》を企《たくら》む人間など、いなくなればいいのに。

エレディアは自分の預言の内容があやふやなことが歯がゆかった。きちんと預言できれば、もっとやれることがあるはずだ。

「わたし、祖父に手紙を書くわ。王宮の未来について、もっと詳しい預言をしてもらえるかもしれない」

孫娘の頼みだから、優先的に聞いてくれるだろう。それに、自分の預言のことを知らせておこう。祖父も両親もきっと喜んでくれるはずだ。彼女に能力がないことについて、家族は誰も何も言わなかったが、本当は気にかけてくれていたからだ。

「それもいいが、今夜はもう眠るんだ」

「後でちゃんと来てね。絶対よ」

アールストは頷くと、エレディアの唇に軽くキスして、微笑んだ。そうして、寝所を出ていった。

数日後、隣国との小競り合いが大きくなってきたとの報告を受け、アールストは小規模な軍勢を整え、国境へと向かうことになった。

マントをつけ、馬に乗ったアールストはとても立派で男らしかった。エレディアは最初に彼を見たときのことを思い出していた。彼は数人の護衛と共に、レジンの館へ現れたのだ。

それを思えば、今回は小規模とはいえ、軍勢を率いている。彼は安全なはずだ。味方に斬りつけられたりしない限りは。

「おまえの警護は万全のはずだ。だが、もし何かあったら……」

「覚えてるわ。ちゃんと上手くやるから」

彼に聞いたのは、寝所から王宮の外へと逃げられる秘密の通路があるという話だった。寝所の壁に仕掛けがしてあり、ある場所を触ると、そこが開くようになっているのだ。そこから地下へと下りられる階段があり、最後には小部屋がある。右手に扉があり、その反対側には壁がある。扉は侵入者を惑《まど》わすものであって、本当の抜け道は壁側にあり、同じ仕掛けで開くようになっているという。

『いいか。扉は開けてはならない。死ぬまで出られなくなるからな』

アールストは脅かすように厳《おごそ》かな声で注意した。

王家の者と側近しか知らない秘密の通路は、城が攻められたときの抜け道であるらしい。もし、寝ているときに何事かあったら、通路を使って逃げるようにと、アールストは教えてくれたのだ。

「あなたこそ、気をつけてね」

エレディアの言葉に、アールストは厳しい顔で頷いた。

本当は行かないでほしいと言いたかった。将軍がダメなら、他に誰かいなかったのだろうか。どうして国王が城を離れなくてはならないのだろう。

エレディアは不安でならなかった。しかし、そう決まったものは仕方がない。王妃として威厳を持って、見送らなければならなかった。

やがて、軍はアールストに率いられて出立した。

エレディアは彼に何事もないようにと祈った。そして、留守の間に何事も起こらないようにと。

しかし、翌日の夜、それは起こった。

王妃の寝所で眠るエレディアの耳に、何か不審な物音が聞こえたのだ。彼女は目が覚めて、ローブの上に大きめの暖かいショールを羽織《はお》ると、扉の向こうに声をかけた。

「どうかしたの？」

「ここを……すぐに開けてください！　大変なことが……！」

扉の向こうから、男の声が聞こえた。エレディアは慌てて鍵を開けて、扉を開いた。警護に立っていた兵士が床に倒れているのが見える。

彼女は息を呑んで、駆け寄ろうとしたが、陰に潜んでいた男に後ろから口を塞がれた。

すぐさま暴漢《ぼうかん》の手から逃れようとしたが、それより早く短剣が喉元に突きつけられてしまう。

「暴れるな。声も上げるな。おまえを殺すことなど簡単だぞ」

短剣でエレディアの喉をかき切ることなど、確かに造作《ぞうさ》もないことだった。彼女はおとなしくするしかなかった。自分ひとりの身体ではない。自分が死んだら、お腹の子供まで死んでしまう。

彼はエレディアを引きずって、寝所の中へと入った。男は一体、何をするつもりなのだろう。彼女を殺したいのなら、すぐに実行したはずだ。そうではないなら、何が目的なのだろうか。

「わ……わたしをどうするつもり？」

震える声で背後の男に尋ねた。

「蝋燭《ろうそく》に火をつけろ」

ベッドの傍のテーブルには燭台《しょくだい》があり、そこには蝋燭が立ててあった。言われたとおりに火をつける。

彼は短剣を引っ込めたかと思うと、今度は長剣を抜き、エレディアの身体に突きつけた。

「そっちの壁に近寄るんだ」

彼女がそうすると、男は燭台を持ち、一緒に移動していく。

「抜け道の扉を開けろ」

エレディアは驚いた。王家の者か側近くらいしか知らないはずの抜け道を、どうして暴漢が知っているのだろうか。

「早くしろ」

壁の一部を押すと、そこが扉になっている。そこを開けると、暗い穴のような通路があり、狭い階段が見えた。

「下りろ」

男が照らす蝋燭の明かりで、なんとか足元が見える。エレディアは恐る恐る足を踏み出した。

アールストからこの抜け道の存在は教えられていたが、実際に地下まで下りたわけではない。どうなっているのか判らない上に、暴漢に脅されている状態だから、とにかく怖くて仕方がない。

だが、ここで暴れたりして、長剣で串刺しにされるわけにはいかない。大事なお腹の子供を守らなくてはいけないし、何よりアールストが帰ってきたときに元気な姿を見せたかった。

あれほど心配してくれていたのに、エレディアも子供も失ったとしたら、彼はどれだけ落胆《らくたん》することだろう。彼は傲慢に振る舞っていても、傷つきやすいところがあるのだ。今ではそれを知っているエレディアは、彼をそんな目に遭わせたくなかった。

長い階段を下りていくと、アールストが言ったとおり、小部屋があった。本当に小さな部屋だが、テーブルと椅子と小さなベッドがあった。避難用の通路ではあるものの、きっとここで小休止するための小部屋なのだろう。

まさか彼はここにわたしを閉じ込めるつもりなんじゃ……？

エレディアは咄嗟《とっさ》に振り向いた。そこに立っていたのは、黒い布で顔を半分隠していた男だった。だが、どこかで見たことがある。

「まさか……」

彼はふっと笑った。

「どうやら、私のことが誰か判ったようですね」

男は布を取り去った。彼はルフェル王子の側近、フィリートルだった。彼は冷めた眼差しで、エレディアを見つめた。

「どうして、あなたがこんなことを……」

そう言いかけて、理由は考えるまでもないことに気がついた。彼はルフェルの側近だ。エレディアとその子供を邪魔に思っているに違いない。

「あなたに恨《うら》みはありませんが、仕方ないんですよ」

「そんな……。ルフェル王子はこんなことを望んでいるというの？」

フィリートルは肩をすくめた。

「まさか。王子は優しいお方です。ご自分のために誰かが死ぬことなんて、耐えられないに決まっています」

「それなら、どうして……」

「あなたがここで死んだところで、誰にも判らないでしょうね。まあ、いずれは王がこの通路のことを思い出すかもしれませんが、そのときにはどうしてあなたがここで死んだのか、理由も判らなくなっているはずです」

エレディアはぞっとした。本気で彼は自分を殺そうとしているのだ。やはり、その長剣で突き刺すつもりなのだろうか。

「ルフェルは国王には向いてないわ。それとも、あなたが彼を操って、政治をやるつもりなの？」

「いえ……。もちろんルフェル王子が王位を継げば、政治の手助けはしなくてはなりません。そうしなくては、この国は他国の食《く》い物になるし、欲の皮が突っ張った愚《おろ》かな貴族によって滅茶苦茶《めちゃくちゃ》にされてしまう。しかし、私の本当の目的はそういうことではありません」

彼はわたしを殺そうと決めているから、自分のことを話すんだわ。

それがとても恐ろしかったが、死ぬ前にどうして殺されるのか、理由をちゃんと聞いておきたいという気持ちもあった。

「じゃあ、何が目的なの？　わたしだけでなく、アールストも殺すつもりなの？」

「まさか……！　国王を殺したりしません。殺す必要なんてない。あなたを失えば、彼はまともに頭を働かせることもできなくなる。ルフェル王子を即位させるまでもない。腑抜《ふぬ》けになった国王くらい、操りやすいものはないんですよ」

「そんなこと、あるわけないじゃないの」

それこそ、エレディアのほうが『まさか』と言いたいくらいだった。王妃が行方不明になったり、こんな秘密の通路で死んでいたりすれば、彼にとっては居《い》たたまれないことは確かだろう。それに、世継ぎのこともある。

だが、自分が死んだくらいで、フィリートルが言うほど、彼がどうにかなってしまうとは思えなかった。

「王妃の取り替えはできるのよ。レジンの娘が欲しければ、他にもいる……」

それを認めるのはつらかったが、事実だった。一時的に悲しむだろうが、新しい王妃を迎えれば、彼はまたその王妃を抱いて、身ごもったら大切にするはずだ。

フィリートルは嘲《あざけ》るような笑いを洩らした。

「馬鹿なことを。王はあなたを愛しているんですよ」

彼はごく当たり前のことのように、そう言った。

「……あなたは間違ってるわ。王はレジンの血を引く世継ぎが欲しかっただけよ」

身体を重ねているうちに、何かしら情《じょう》のようなものは生まれたかもしれない。それから、欲望もある。彼はエレディアの身体を気に入ったようだった。けれども、それだけだ。

まして、こんな状況で、彼はあなたを愛していると他人から言われるなんて、何かの冗談としか思えなかった。

「いいえ、間違っているのはあなたのほうだ。まあ、私の考えのほうが正しいことを、どうせあなたは確認できないから、同じことですけどね」

そうだ。それが判るときには、エレディアは死んでいるのだ。身体が冷たくなってくる。それは周囲の空気が冷えているせいだけではなかった。

「ともかく、私は王を殺したりしません。何故なら、私は王家の正しい血筋、つまり国王の血を引く王子に王位を継いでほしいからです。今の王が先代の王の血を引いていないという噂はありますが、そうでないという確証《かくしょう》もない。正しい血筋の王かもしれないのに、私が手にかけるわけにはいかないのです」

フィリートルはルフェルを王位につけたいのだろうと思っていたが、どうやらそうではなかったらしい。とはいえ、エレディアには彼の考えがさっぱり理解できなかった。

「どうして、そんなに血筋にこだわるの？　あなたにはどうでもいいことじゃないの？王が正しい血筋でもそうでなくても」

「ソルヴァーオン国は正しい王によって治められなければいけない。レジンの娘を娶《めと》る掟《おきて》と同じくらい古い掟です。ソルヴァーオンは古来《こらい》より不思議な力で守られてきた。それは、レジンの血と混じり合う王家の血筋が国を守ってきたんです」

確かにそういう言い伝えはある。そのため、この国の王は長い間、他国の王とは違って、神聖視されてきた。神ではないが、神に準じる者として。だから、王は国を治め、守ることができると考えられている。実際、ソルヴァーオン国は近隣の他国に比べて、とても豊かで、争《あらそ》いがあまりない国だ。

「もしかしたら、今の王は古い血筋を引いていないかもしれない。それはこの国を破滅に導くかもしれないということです」

「わたしには……大した意味はないと思えるわ。血筋が正しかろうが、そうでなかろうが、アールストは国王としての資質を備えているし、逆にルフェル王子には備わっていない。どれだけ古い血が流れていようとも、ルフェルにそんな力はないわ」

フィリートルは顔を強張《こわば》らせた。

「いいんです。王が腑抜けになろうが、ルフェル王子が役に立たなかろうが、私が補佐しますから」

「あなたは王の血筋ではないのに？」

フィリートルが意味ありげに笑った。エレディアははっと目を大きく見開いた。

「あなたは……」

「そうです。私の母は国王の側室でした。ほんの一時、王に寵愛されて、生まれたのが私なんです。正式な婚姻ではありませんが、確かに王の血は引いている。そうではないかもしれないアールストが王位につき、すべてを欲しいままにして、国を動かしている。それは……どうしても許せないんです」

アールストやルフェルと、彼は腹違いの兄弟なのだ。それなのに、彼はルフェル王子の側近となっている。

「でも……私は陰の存在でいいんです。裏からアールストとルフェルの二人を操って、この国をより豊かな素晴らしい国へと導く。それが私に課せられた運命なんですよ」

真実がどうであろうと、フィリートルはそう信じている。彼は自分の信じることに命を懸ける人間なのだろう。

彼はエレディアに長剣を向けた。

「レジンの娘を殺すのは惜《お》しいことです。でも、あなたが言うように代わりは存在する。可愛い従姉妹がいましたよね」

彼は従姉妹のフェリスを狙っているのだろうか。まだ十四歳の彼女を。

「やめて……。彼女をあなたの野望の犠牲にしないで」

「野望？　いいえ、これは神意《しんい》です」

彼に何を言っても無駄なのだろうか。それでも、エレディアはなんとかして彼を説得したかった。

「毒入りのジュースをわたしに飲ませようとしたのは、あなたなの？」

「もちろん。女の気が弱くて、失敗しましたが。あれから、警備が厳重になって困りました。そして、今度は懐妊でしょう？　男の子が生まれたら、ややこしいことになる。今、始末しておくほうがいい」

それは彼の都合だ。始末されるほうはたまったものではない。

「わたしのお腹にいる子供は、あなたの甥《おい》か姪《めい》かもしれないのよ。子供は王家の血を引いているかもしれない。それなのに、殺してしまうの？」

「そう。それが問題です。だから……あなたに生き延びる機会を与えてあげましょう」

フィリートルは扉に目を向けた。そこは抜け道ではないと聞いた。そこを開けてはいけないと。

彼はテーブルの上にあった燭台の蝋燭に、自分が持つ蝋燭から火を移した。そして、それを持つように促した。

エレディアは頼りない蝋燭の火を見つめ、恐怖におののいていた。

「さあ、扉を開きなさい」

言われたとおりにすると、暗い通路が続いていた。ここに入ったら、決して抜け出せないと言われた。エレディアはアールストの言葉を思い出し、足が震えた。

「私は王子の側近だから、ここがどういうところか、よく知っています。追跡者を惑わすための迷路なんです。でも……必ずしも抜け出せないわけではありません」

「本当に……？」

彼の言うことなど信用できない。けれども、彼はどうあっても、エレディアをこの迷路に向かわせるつもりなのだ。それに、この場で殺されるより、生き残れる希望があった。

エレディアはたったひとつの希望にしがみつきたい気持ちでいっぱいだった。

「レジンの能力があなたを助けるかもしれない。もっとも、ちゃんとした能力があなたにあるとは聞いていませんが」

彼はエレディアのことを調べていたのだ。それこそ、アールストより詳しく調べていたに違いない。預言の能力は発現したものの、あれ以来、何もないし、やはりエレディアには大した能力はないだろう。

「勇気がなければ、私の剣でおしまいにしてあげても構いません。あなたはどちらを選びますか？」

彼の剣で殺されたりなどしない！

エレディアは背筋を伸ばして、フィリートルを振り向いた。

「わたしは可能性のあるほうに賭けるわ！」

死ぬかもしれない。けれども、ここで殺されるよりずっといい。

エレディアはアールストに脅されて、彼の花嫁となった。身体を奪われても、心は奪わせないと思っていたのに、彼の意のままになり、愛してしまった。

わたしは今まで流されていただけ……。

愛しているとも、彼に告げていない。怖かったからだ。彼に拒絶されることが。

でも、これだけは自分で選ぶ。誰にも流されない。生き延びる可能性があるなら、それに賭けよう。

まだ見ぬ子供のために。愛するアールストのために。

わたしを愛してくれるたくさんの人のために。

絶対、死んだりしない。

それに、ひょっとしたらアールストは助けにきてくれるかもしれない。この通路を教えてくれたのは、彼だからだ。

「……行け！」

フィリートルは長剣をひらめかせた。けれども、そんな必要はない。

エレディアは暗い迷路に足を踏み入れた。


一体、どのくらいの時間、歩き続けたのだろう。エレディアはもう時間の感覚がなくなっていた。

迷路に入って、しばらく歩いたところで、あの小部屋の扉が閉まった音が聞こえたような気がした。それで、すぐに引き返したのだが、恐らくその際に道を間違えてしまったのだろう。あの扉があるところへは戻れなかった。

扉のところに戻りさえすれば、あるかどうか判らない抜け道を探さずに済むと思ったのだ。アールストは必ず捜しにきてくれると信じていたからだ。

けれども、この迷路で迷ってしまった。歩き続けたものの、どこまで行っても、石造りの壁しか見えない。そのうちに、蝋燭が短くなってきたことに気がついた。

ダメ……ダメよ。

火が消えてしまったら、ここは真っ暗になってしまう。真っ暗な迷路に一人取り残されて、正気を保てるとは思えなかった。

ここはひどく寒い。ショールをいくら身体に巻きつけても、ローブ一枚の姿では、とても寒さはしのげない。

わたし……このまま死ぬのかしら。

考えたくないことだが、どうしてもそんなふうに思ってしまう。蝋燭がなくなり、火が消えても、自分は抜け道を探すために歩き続けられるだろうか。

この真っ暗の石畳の中を。たった一人で。

いいえ、一人じゃないわ。

不意にエレディアはそう思った。お腹の中には自分とアールストの子供がいる。まだ小さな小さな赤ん坊だ。この子を死なせるわけにはいかない。彼女は歯を食い縛った。

どんなに疲れても、怖くても、そして寒くても、歩ける限りは歩き続けなくてはならない。信じるものは、抜け道でも救助でもいい。あるいはアールストでも。なんでもいいから、信じることが大切だ。

信じることもできなくなったら……死ぬしかない。でも、それは嫌だ。死にたくない。赤ん坊が生まれるまで、生き続けなくてはならないのだ。

とうとう、蝋燭が溶けてしまい、わずかに残った火が揺らいでいた。これからやってくる暗闇のことを思い、エレディアは泣きたくなったが、ぐっと堪《こら》えた。泣いたところで、誰も助けにくるわけではない。

ふっと火は消え、真の闇が訪れた。

エレディアは立ち止まり、自分の胸を押さえた。自分の鼓動が手に伝わってくる。大丈夫だ。まだわたしは生きている。

すっと手を伸ばし、石壁に触れた。冷たくて、ごつごつしている。歩き出すと、自分の室内履《ば》きによる足音が響いた。目は見えないから、聴覚と触覚しか頼るものがない。エレディアは毅然《きぜん》と前を向いて、歩き続けた。

さっきまでより、もっと時間の感覚がなくなっている。自分がここで何をしているのかも、もうよく判らなくなっていた。どうして、こんなつらい思いをしてまで、歩かなくてはならないのだろう。いっそ、何もかも諦めて、座り込んでしまいたい。

柔らかい室内履きは素足で歩いているのと、もうほとんど変わりがない。足は冷え切っていて、感覚を失っていた。

エレディアはアールストのことを考えていた。

彼は今、どこにいるのだろう。軍を率いて、国境に向かったはずだが、それからどうなったのだろう。エレディアがいなくなったことを知らせる伝令《でんれい》が、彼のところに向かっただろうか。その知らせを受け取った彼は、どうするのだろう。

妻と子のために、城に戻ってくるのか。それとも、目の前の小競り合いを治めるために、尽力《じんりょく》するのか。

彼は……王様だものね。

戻ってきたりするはずがない。彼にとって大事なのは、何より国王としての仕事なのだ。国のために働く。それが彼にとっては、自分の血筋の正統性を民《たみ》に知らしめることにもなるのだ。

エレディアと結婚したのも、レジンの血を継ぐ世継ぎを残すのも、すべてがこのソルヴァーオン王国のため。国の民のため。そして、何より彼の王としての力を確立させるため。

それなのに……。

エレディアはアールストが助けにきてくれることを、まだ夢見ている。彼が来てくれて、両手で抱きしめてくれることを望んでいるのだ。

そして……。

愛してると言ってほしい。

そんなこと、あるわけないけど。

エレディアは自嘲《じちょう》した。ふと足を止める。石壁に触れ続けている手も冷たくかじかんで、感覚がない。

わたし……もうダメ。

その場に座り込んだ。頬に涙が零れ落ちる。まだあまり膨らんでもいないお腹に手を当ててみたが、そこにいる赤ん坊からは何も伝わってこない。

わたしは独りぼっちなの……？

目を閉じた。もっとも、真っ暗だから、目を閉じても開けても関係なかった。

アールスト……。

いつしかエレディアの脳裏には彼の姿が浮かび上がっていた。まるで、すぐそこにいるように、彼がマントをつけ、長剣を携《たずさ》えて、馬に乗っているのが見える。

これは……夢？　それとも、わたしの想像なの？

多くの兵士に囲まれていたが、彼は誰かに声をかけられて、振り向いた。

アールストは驚いた顔で、その声の主を見ると、急いで馬から降りた。

『こんなところに、あなたがどうして……？』

『どうしても、言わなくてはならないことがあったからです』

アールストに話しかけたのは、エレディアの祖父だった。

『エレディアの身に危険が迫っています。すぐに城にお帰りください。助けられるのは、陛下だけです！』

アールストは大きく目を見開いた。

『預言か！』

彼は迷うことなく、城に帰ることを決めていた。軍の指揮を副将軍に任せ、彼は数人の護衛と共に、城へと馬を走らせていく。

アールストがわたしを助けにきてくれる……。

これが単なる夢や想像でなければ、そういうことだ。

でも、それはいつなの？　秘密の通路のことを思い出してくれるかしら。

アールストが城に着くと、王妃がいなくなったことで大騒ぎになっていた。王妃の寝所を守るための警護についていた兵士が何人か眠らされたり、殺害されたりしていて、何者かに王妃が攫《さら》われたようだと、側近がアールストに報告していた。

彼は蒼白《そうはく》になりながらも、こう言った。

『殺されていないのなら、まだ望みはある』

そうよ。わたしはここよ……。

エレディアは心の中でアールストに話しかけてみた。もちろん通じるなんて思っていない。それに、自分の頭に浮かぶ彼の状況も、ただの想像かもしれないのだ。実際には、彼はまだ国境にいるのだろう。

判っている。これはわたしの願望に過ぎないのよ。

それでも、アールストに話しかけた。

わたしは地下の迷路にいるのよ。もう寒くて、感覚がないの。動くこともできなくて、あなたのことをボンヤリ考えているだけなの。

このままだと、わたし……死んでしまうわ。

お願い。アールスト。助けにきて。

アールストは王妃の間にあった秘密の通路を開いた。そして、数人の兵士と側近を伴って、下りていく。やがて、小部屋に着いた。

彼は迷いもせずに、抜け道ではなく、扉のほうを開いた。中に入ろうとするアールストを側近が止めた。

『陛下、そちらは確か迷路になっていたかと……』

『判っている。エレディアが呼んでいるんだ。助けにいかなくては』

側近や兵士は困ったような表情で、互いの顔を見合わせていた。

『ここを捜索されるなら、それなりの準備が必要です。そうしなければ、たとえ王妃様を見つけられたとしても、捜索に出向いた者が迷ってしまいます』

『それなら、すぐに準備をさせろ』

アールストは横柄《おうへい》に命令した。こんなときなのに、エレディアは彼のそんな傲慢なところが愛《いと》しく思えた。

だって、それでこそ王だもの。

彼が本当に迷路の入り口にいるような気がしてきた。彼の気配が身近に感じられる。この感覚はなんなのだろう。

愛する人……。早く来て。

この感覚が間違いでなければいい。これがただの妄想《もうそう》で、いつまで経っても助けが来なかったら、絶望するしかない。

やがて、彼は兵士と共に迷路に足を踏み入れた。彼女の異常に敏感になった耳には、その足音や話し声が聞こえてきたような気がした。

そう。これが幻聴《げんちょう》でなければの話だが。

「アールスト……。わたしはここよ……」

エレディアは思わず口に出して、そう囁いていた。彼女の声は掠《かす》れていた。大声を出す気力も体力もすでにない。

それでも、最後の気力を振り絞って、岩壁にすがりながらも、よろよろと立ち上がった。

行かなきゃ……。歩かなきゃ……。

彼が一歩一歩、こちらに近づいてくる。エレディアは夢でも妄想でもなく、それが現実だと確信していた。だから、彼女も彼に向かって、少しでも近づけるように歩いていく。

彼の元に帰るのよ。だって、わたしは彼の妻だもの。

神に誓い、契《ちぎ》りを交わし、子を宿した妻だもの。

聞こえるわ。彼らの足音が。幻聴じゃない。

やがて、目の前が明るくなってくる。蝋燭の光が迷路の中を満たしていた。そして、その中に、エレディアはアールストの姿を見た。

「エレディア！」

彼はすぐに駆け寄り、エレディアの身体を抱き締めた。彼女はそこで力尽きて、彼の腕の中に倒れ込んだ。

「来てくれたのね……」

掠れた声がやっと出てきた。

「当たり前だ！　おまえがここにいて、私を呼んでいると何故だか判ったんだ」

ああ、あれは夢ではなかったのね……。妄想でも幻想でもなかった。

エレディアの目からは涙が溢れ出てきた。

「わたしも……わたしも判ったの。あなたが来てくれることが……」

だから、信じられた。この暗闇の中でも、正気を保つことができたのだ。

アールストはマントを脱いで、エレディアの身体をそれで包み、抱き上げた。そして、迷路の中で迷わないための紐を持つ兵士達に、命令した。

「戻るぞ」

アールストの力強い腕に抱かれながら、エレディアの意識は遠ざかっていった。


次に目が覚めたときには、アールストのベッドの中だった。

傍らに椅子があり、そこにはワーリンが座っていた。エレディアが目を開けると、それに気がついて、彼女は嬉しそうに笑いかけてきた。

「お気づきになられたんですね！　今、お医者様を呼んでもらいます」

彼女は部屋の外にいる誰かに、医者を連れてくるように言っていた。部屋の外では急に慌しくなっている。

「ワーリン……陛下に会いたいの」

「陛下もすぐにいらっしゃいますよ。あなたの目が覚めたら、すぐに知らせるようにと、外の警護の者に申し付けていましたからね」

だとすると、今のはアールストに知らせにいった警護の足音だったのだろうか。まもなく医師がやってきて、彼女の様子を診《み》た。

「王妃様は華奢《きゃしゃ》でいらしているのに、お身体がお強いのですね。あれだけのことがあったのに……」

どうやら、エレディアは頑強な身体の持ち主だということだろう。つわりがあっても、何かと面倒を見てくれたアールストやワーリンやリアのおかげだ。

「赤ちゃんは大丈夫かしら」

「もちろんです。しばらくの間、ゆっくりとお休みになられるといいでしょう。冷えはよくありませんから、身体を温めて、栄養のあるものを召し上がってください」

エレディアは微笑んだ。ワーリンが傍で何度も頷いているところを見ると、彼女はたくさん食べさせるつもりでいるのが判った。

少しして、扉が乱暴に開かれ、アールストが大股で部屋に入ってきた。

「エレディア！　大丈夫か？」

彼がとても自分を大事に思ってくれているのが判って、エレディアは微笑みながら頷いた。

「すっかり大丈夫よ。しばらく休んでいれば、何も心配ないんですって」

彼は傍らの医師にそれを確認する。どうやら、エレディアの申告だけでは、信用できないらしい。

医師とワーリンは、アールストに遠慮して、そそくさと部屋を出ていった。

「あの……わたしを攫った犯人なんだけど……」

「おまえが助けられたのを見て、自《みず》ら名乗り出てきた」

アールストの瞳が翳《かげ》りを帯《お》びた。

「まさか、あいつがあんなことを……」

フィリートルは彼の異母兄弟だったのだ。子供の頃から知っていた相手だろうから、それはさぞかしショックだろうと思う。特に、ルフェルは自分の側近だったから、とても微妙な立場に追いやられたのではないかと、心配になった。

「ルフェル王子は大丈夫なの？」

「私の側近の中には、ルフェルに謀《む》反《ほん》の意があるのではないかと疑う者がいたが、あいつが臣下の礼を取ったから、それで咎《とが》めはないことになった。フィリートルもルフェルにはなんの罪もなく、逆に操るつもりでいたと証言したからな」

臣下の礼とは、王の前に跪《ひざまず》き、短剣で自分の掌を傷つけ、その血を王に捧げる仕草をすることだ。それで、ルフェルはアールストに忠誠を誓い、自ら彼の臣下であると宣言したことになる。

「彼はひょっとしたらルフェル王子を守るために、犯人だと名乗り出たのかもしれないわ」

「そうだな。奴にとって、罪人として扱われることは死ぬよりつらいことだ。だが、ルフェルは無実だと示しておかなければ、絶対に疑いがかかることは判っていたから……」

ルフェルのために、死を選ぶより、逃亡するより、潔《いさぎよ》く名乗り出たのだろう。彼は自分が王家の血を引く存在であるということを、とても強く意識していた。縛られ、小突かれ、跪かされるのは、たまらない屈辱だと思う。それなのに、ルフェルを守るために罪人になることを選んだのなら、側近としての彼の気持ちは一途だったということだ。

たとえ、操ろうと思っていたにせよ……。

お互いに意識していたかどうかは知らないが、二人は半分だけ兄弟なのだから。

「そういえば、奴は賭けに敗れたと言っていた」

「彼はわたしに、迷路に入るか、あの小部屋で殺されるかどちらかを選べと言ったのよ。お腹の子供が王族の血を引いているかもしれないから、彼はできれば自分の手で殺したくなかったの。もちろん、わたしは生き残れる可能性のある迷路を選んだ。彼はわたしが迷路の中で死ぬほうに賭けたのね」

「王族の血か……。私の出生にあんな噂がなかったなら、こんな問題は起こっていなかったのに」

「そうしたら、あなたはどこかの有力貴族の娘と結婚していたのね」

わざわざレジンの娘を娶《めと》ろうとは思わなかったに違いない。もうとっくになくなった古い掟だったのだから。

「さあ……。おまえのその見事な銀髪を見ていたら、どうだったか判らないな。身分がどんなに低くても、王妃にしようとしていたかもしれない」

「寵姫にしようとしていたかも」

アールストは眉をしかめた。

「私は結婚相手に対して不実な振る舞いはしたくない。寵姫より、やはり妻にしたと思う」

エレディアは彼の言葉が嬉しかった。自分だって、寵姫より妻のほうがいい。正式に周囲の人に認められた関係でなければ、相手を独占できないからだ。

ふと、フィリートルの言った言葉を思い出した。

『彼はあなたを愛しているんですよ』

本当に彼が言ったとおりなのだろうか。たとえそうであったとしても、アールストは決して口に出して言ってくれそうになかった。

「血の話だけど、わたし、あなたは王家の血をちゃんと引いていると思うわ」

「それは、どうして？　私にだって判らないのに」

「迷路にいるとき、あなたが来てくれるのが判ったの。あなたが国境で馬に乗っているところが見えたわ。そうしたら、わたしの祖父が来て、預言の話をした……」

「そうだ。確かにそれを聞いて、慌てて戻ることにした。国境での小競り合いがあったという情報が、まず罠だったんだ。おまえの預言はこのことだと思っていたが、実はフィリートルのことだったんだな」

血は確かに王宮で流れた。そして、フィリートルはルフェルの側近という地位に隠れていた。つまり、彼女の判りにくい預言のせいで、アールストは国境までわざわざ軍を率いたことになる。

「それから、あなたは秘密の通路のことを思い出して、地下に下りた。迷路に入ろうとして、側近に止められたわね？　準備が必要だって」

「何から何まで知っているんだな。それも、預言の力なのか？」

「預言ではないと思うの。わたし、あなたに心の中で何度も助けてと呼びかけたわ。あなたにも、それは伝わっていたんでしょう？」

アールストはそれを聞いて、顔色を変えた。

「確かに……。気のせいかと思っていたが、あれは……おまえの声だった……」

「わたしとあなたは、心の中で繋がっていた。でも、それは血のせいなのよ」

「どういう意味だ？」

「あなたは王家の血を引いている。王家の血にはレジンの血も混じっているのよ」

「レジンの血が二人を繋げていたというのか……？」

もちろん、アールストの中にレジンの血はごくわずかしか混じっていないだろう。しかし、わずかでもあったから、それが呼応したのだ。もちろん、二人の想いや絆《きずな》がまったく関係していないわけでもなく、力を増幅させる源《みなもと》となったのだと、エレディアは思っている。

「フィリートルのしたことは、結果的に、あなたの血の正統性を証明することになったのね……」

彼が先代の王の子ではなかったら、これほど強くエレディアの心の声を聞くことはなかっただろう。まさしくフィリートルの言ったとおり、レジンの力が彼女を救ったのだ。

アールストは淋しげに笑った。

「血の正統性など……虚《むな》しいものだ。私もこだわっていたが、そんなものがそれほど大事なものだろうか」

それによって、殺された者もいる。エレディアも子供も殺されかけた。フィリートルが主張する王族の血とは、すなわちレジンの血のことだ。ソルヴァーオン王国の繁栄のために、本当に必要なものなのだろうか。

「ねえ……歴代の王の中には、預言の力を持つ人もいたのかしら」

「昔はいたかもしれないな。王にならなかったにしろ、そんな子供が生まれていてもおかしくない」

しかし、それは記録に残っていないのだろうか。だとしたら、レジンの力はそれほど重宝されていたわけでもないのかもしれない。

エレディアは自分に能力の発現がなかなかなかったせいで、あまり気にしていなかったが、このお腹の子供が能力者であることも考えられる。

エレディアは無意識のうちにお腹を撫でていた。

ねえ、あなたはどっちなの?

レジンの血を濃く受け継いで、預言の力を持つようになるのか、それとも王族の血を濃く受け継ぎ、威張り散らすような独善的な王になるのか……。

アールストは傲慢でも構わないが、その子供はもっと優しく育てたい。

突然、扉が激しく叩かれた。

「なんの用だ?」

扉が開くと、アールストの側近が真っ青な顔で立っていた。

「陛下! フィリートルがたった今……!」

「自害したか」

アールストはまるで当たり前であるかのように、その報告を受け止めた。

「ほんの少し目を離した隙に、どこかに隠し持っていた毒で……」

「あれは誇り高い男だ。罪人として首をはねられるのは、どうしても耐えられなかったのだろう」

エレディアは自分が殺されそうになったのに、今、感じるのは憐憫《れんびん》の情でしかなかった。フィリートルは間違ったことをした。自分の考えを押し通すために、エレディアとその子供を排除《はいじょ》して、王国の実権を握ろうとしていたのだ。

しかし、側室の子とはいえ、王の血を引き、アールストやルフェルと兄弟であったのに、何も与えられず、ルフェルの側近にならなくてはいけなかった。彼のように誇り高い男には、たまらなかったに違いない。

どうして……と、彼は何度も思ったことだろう。兄弟であることも、知る人ぞ知るといった状態で、華々しく世間に披露《ひろう》されることもなかったのだ。

父親は同じなのに、どうして……と。

エレディアは思わず涙を零した。そして、それを見て、アールストはなんとも言えない痛ましげな顔をした。

彼女が助け出されたのは夜中のことだったが、次に目が覚めたのは午後近くだった。丸一日、静養して、それから翌日の夜、エレディアはアールストと晩餐の間で夕食を摂った。二人は他愛のない会話をしながらも、お互いの目ばかり見つめ合っていた。エレディアには彼を見つめる理由があるのだが、彼にもあるのだろうか。

たとえば、愛している……とか。

しかし、彼女も自分の気持ちを告げていないのだ。告げた後の反応が怖くて。だから、彼がそんなことを言いたがらない気持ちはよく判る。結局、臆病《おくびょう》なのだ。怖いから、何も言わないことを選んでしまう。

食事が終わった後、アールストはエレディアを残して、自分の私室にこもってしまった。どうやら、彼はまたエレディアから距離を置いているらしい。理由はよく判らないが、そうに違いない。

エレディアはリアに頼んで、湯浴みの用意をしてもらっていた。ワーリンと二人がかりで綺麗に身体と髪を洗ってもらい、全身に花の香りのする香油をすり込んでもらう。白いローブを身につけ、それから髪を乾かして、ブラシで梳《す》いてもらった。

清潔で、とてもいい匂いのする身体になり、エレディアは上機嫌でアールストの部屋を訪れた。

「何しにきたんだ？」

アールストは警戒しているような表情になった。

「誘惑しにきたのよ」

「なんのつもりだ？　おまえはもっと休んでおかなくてはいけないんだ。誘惑している場合じゃない。もっと身体を大切にしないとな」

彼はいつもそういうどこか的を外《はず》した気遣いをするときがある。エレディアはそんな気遣いなど、まったく求めていなかった。

お腹に子供がいようと、彼の腕に抱かれたい。キスしたい。せめて、一緒のベッドで眠りにつきたい。

そんな話は少し前にして、解決したことだと思っていたが、どうやらそうではなかったようだった。

「昨夜はベッドに来なかったわね？」

「おまえがゆっくり眠れるようにね。王妃の寝所はまだ怖いだろうから、私の寝所のほうが安心だろう？」

「わたしはあなたを追い出してまで、あそこに寝ていたいとは思わないわ。だいたい、あなたはどこで寝たの？」

アールストの目が、今、彼が座っているソファだと告げている。エレディアはわざと腰に手をやって、大きな溜息をついた。

「国王陛下ともあろう人が……。今夜からはベッドで寝てね。そんなにわたしと寝るのが嫌なら、わたしは自分のベッドに戻るから」

「いや、おまえと寝るのが嫌なわけじゃない。そこは誤解してもらいたくない」

もちろん、少し前にさんざん誤解し合っていたからだ。あんなことは、もう二度と懲《こ》り懲《ご》りだった。

ああ、なんだかじれったい！

「わたしはあなたと一緒に寝たいの！」

エレディアは最後の誘惑として、アールストの膝を跨《また》いで座った。互いに向き合っていて、彼女は彼の首に腕を絡める。

「エレディア……。これでは拷問を受けているようだ」

「誰も拷問なんかしてないわよ。大げさね！」

エレディアは躊躇《ちゅうちょ》することなく、彼の唇に自分の唇を重ねた。迷路の中では、もう二度とこの感触を味わえないのかと思っていた。だが、そんなことはなかった。自分は生きて、ここにいる。アールストの妻として。

もう一時だって無駄にはできない。彼は国王として多忙なのだ。二人きりでいられる時間を、別々の場所で過ごしたくなかった。

最初は、彼も遠慮がちにキスを返していた。が、エレディアは懸命に自分の気持ちを伝えようとして、舌を差し込み、彼の口の中を愛撫しているうちに、彼のほうもそれに応える、舌を絡めてきた。

「ん……っ」

エレディアが唇を離すと、今度は彼のほうから頭を引き寄せられて、口づけを交わしていた。逆に、エレディアの口の中を、彼が思う存分、かき回している。

身体はもうとっくに熱くなっている。けれども、彼の手がエレディアの背中を撫で下ろすと、もっと火がついたようになった。

彼の手に全身を撫で回されたかった。自分の身体が彼のものだという証《あかし》を刻み込んでほしい。

それから……。

エレディアの頭の中は、恥ずかしいことでいっぱいになっていた。

アースルトは唇を離すと、彼女のサッシュをするりと解いた。すると、身頃が左右に分かれて、大事なところがすべて見えてしまうことになる。そのときになって、エレディアは自分が大胆《だいたん》な格好で彼の太腿に乗っていることに気づき、慌ててそこから下りようとした。

「ダメだ。このままでいい」

「だって……」

「恥ずかしいか？　おまえのすべてをもう知っているのに」

彼は手を伸ばして、両脚の間にそっと触れた。脚は開いていたから、彼の手の侵入は防げなかった
「あ……っ……」

秘裂に触れられて、エレディアは思わず彼に上半身を傾けた。

「思ったとおり、おまえはキスだけでこんなふうになるんだ」

彼が弄《いじ》っている部分から濡れた音が聞こえてくる。

「あ……あなただからよ。あなたとキスしたから……」

「判っている。おまえがどうしてこんなに乱れるか、私が判らないとでも思っているのか？」

彼は人差し指と中指を濡れた秘肉の中に押し込んでいった。エレディアはたまらず彼の指を締めつけた。

わたしの気持ちが彼には判っているっていうの……？

けれども、それも頷ける。彼と気持ちが通じ合っていなければ、あんな不思議な感応現象は起こらないに決まっている。いくらレジンの血が彼にいくらか混じっているにしても、それは遠い祖先の血だからだ。

少なくとも、エレディアが心で視《み》たのは彼だけだし、エレディアの心の声が届いたのも、彼だけだった。決して他の人間ではない。

彼は彼女の中に入れた指を出し入れさせながら、親指で敏感な珠《たま》にそっと触れた。そこを擦られると、エレディアは身をよじった。苦しいわけではなく、あまりにも気持ちがよすぎて。

「や……そんなふうに……されると……」

「乱れてしまう？　それで構わないんだ。私はおまえがこれに夢中になって、声を出しているのが好きなんだから」

エレディアは驚いた。結婚した最初の頃は、それでさんざん嫌味や皮肉を言われたことを、まだ覚えているからだ。

「そうなの……？」

「そうだ。私の腕の中で快感に打ち震えるおまえを見ていたら、たまらなく喜びが湧いてくる。おまえは確かに私の女だと思えるからだ」

「他のときは……？」

アールストは少し笑った。

「おまえは他人行儀で、いつも澄ましていた。恥ずかしいことなんて、何ひとつしませんといった顔を見る度に、ベッドの中で泣きながら懇願《こんがん》させてやろうと思ったものだ」

「なんて意地悪な人かしら」

そう言いながら、エレディアは彼の後ろの髪を引っ張った。

「意地悪かもしれない。今もおまえを泣かせたくて仕方ない」

過敏な部分を強く擦られて、エレディアはビクンと大きく身体を震わせた。

「あぁっ……」

「そうだ。そういう泣き声が好きなんだ」

もちろん泣いているわけではなく、鳴かせられているだけだ。

「ほら、おまえの中は、こんなにとろとろになっている。もう我慢できないんじゃないか？」

彼の指が出し入れされている部分から、とろりと蜜《みつ》が溢れ出してしまっている。いつでも挿入していいと、自分の身体が許可を出しているのだ。

「お願い……」

「何をしてほしいんだ？」

彼はわざと敏感な部分を軽く弾《はじ》いた。素直になるようにという命令なのだ。

「ベッドに連れていって……。もっとちゃんと……キスもしてもらいたい。いろんなところに……」

「ココにも？」

彼はわざとゆっくり指を動かした。

「ああ……そうよ」

思わずそう答えてしまって、エレディアは顔を赤らめた。

「恥ずかしがらなくていい。私には何も……遠慮なんてしなくていいんだ」

アールストは指を引き抜くと、彼女を抱き上げた。

「待って！」

慌ててサッシュを締めようとするが、彼は笑ってそれをやめさせた。

「締める必要はない。すぐに生まれたままの姿になるのに」

エレディアは彼の首にしがみついて、そのまま王の寝所へと連れていかれた。ベッドに下ろされて、身体をほとんど覆っていないローブを脱がされ、言われたとおりに生まれたままの姿にされる。

「少し膨らんできたかな」

アールストは彼女の下腹を撫でた。

「わたし達の赤ちゃんはまだとても小さいのよ」

「早く成長するといい。おまえの赤ん坊なら、銀髪かもしれない。目の色はどっちに似ているだろうか」

彼が生まれてくる子供のことをこんなに楽しみにしているのが嬉しかった。世継ぎを産むためだけに自分の存在価値があると思っていた頃には、彼がこんなふうに微笑んでいるところを見るとは思わなかったし、彼が自分の下腹を撫でているところを見て、こんなに温かい気持ちになれるとも思わなかった。

彼が好き……。愛してる……。

エレディアは両手を突き出して、彼の服に手をかけた。

「ねえ、脱いで。こんなの着ていたら、つまらないわ」

「つまらない？　服を着ていたって、おまえの役に立つと思うが」

そういうことも何度かあった。けれども、エレディアは彼がベッドで何も身に着けていない姿が好きだった。無防備なときほど、本音が出るのだ。

「あなたの肌が好きだわ。撫で回してキスしたい」

彼はそれを聞いた途端、にやにやとして服を脱いだ。彼の見事な身体が現れて、エレディアは嬉しくて身体を起こした。そして、彼にそっと抱きつくと、肩や胸を触りながら唇を押し当てる。

「私の身体にそこまで夢中だとは知らなかった」

「あなたが知らないことは、たくさんあるわ」

「たとえば……？」

「内緒よ」

直《じき》に秘密なんてなくなってしまうだろう。こうして、二人で毎日抱き合って、秘密の暴露《ばくろ》をし合っていれば。

彼はエレディアの身体を抱き締めて、そのままベッドに押し倒した。

「本当はもっとキスをしてほしい気分だが、今日は私がキスする番だったからな」

彼女が言ったことを彼はちゃんと覚えていたのだ。

「どっちだって……もういいと思うのよ？」

「いいや。私のほうがよりキスしたいに決まっている」

そういうものなのだろうか。アールストの理屈は今ひとつ判らなかった。

彼は再び唇を塞いできた。彼にとって都合の悪い会話のときは、こうしてキスすればいいと思っているのかもしれない。しかし、彼の思惑どおりに、やっと唇を離されたとき、エレディアは情熱的なキスにぼんやりしていた。

彼はエレディアの肩や胸にたくさんキスをしている。それこそ、自分のものだという印をつけているみたいに。エレディアは自分の身体が彼のものだと思うことに、何故だか興奮を感じていた。結婚してすぐの頃には、そんな考えに嫌悪感を抱いたものだが、今はまったく正反対のことを思っている。

彼の唇がエレディアの乳房に押しつけられる。弾力のある丸い膨らみを手で包まれ、それが彼女に安心感を与えた。

乳首が彼の口に含まれ、彼女はビクンと身体を揺らした。柔らかい舌が絡みついてきて、吸われると、思わず淫らな声を洩らす。

「あぁ…ん……っ」

「おまえのそういう甘い声が好きだ」

「恥ずかしいのに……？」

「私が好きなのだから、もっと声を出せばいいんだ」

彼が好きなのは、他にこの銀の髪と耳の形だったか。もしかしたら、他にも好きなところがあるのかもしれないが、彼があまりに熱心にあちこちキスするので、もうよく判らない。

彼はさんざん乳首を吸ったり舐めたりして、エレディアに嬌声《きようせい》を上げさせた。

「もう……もういいと思うの……」

感じすぎて、彼女は身悶《みもだ》えしながら、激しい愛撫から逃れようと彼の肩を押した。渋々、彼は顔を上げる。

「私はまだ足りないな」

「だって……ここよりキスしてほしいところがあるのに……」

アールストはそれを聞いて、にやりと笑う。

「そうだった。私ももっとキスしたい場所がある」

彼の唇はずっと下のほうへと下がっていく。エレディアの両脚を開かせて、太腿の内側にキスをした。彼がそこを吸うと、ツキンと痛みを感じた。彼は顔を上げて、にっこりと笑う。

「私のものだという紋章をつけておいた」

太腿には赤い痣《あざ》のようなものがついている。彼がそこを吸ったという証拠だ。

「おまえは私のものだ」

「ええ……そうよ」

王の妃を誰も奪ったりするはずがないが、それでも、彼に所有権を主張されるのは嬉しかった。

わたしは彼だけのもの。他の誰のものでもないわ。

あの日……レジンの館の窓から、彼を見つけたときから。彼が鷹のような鋭い眼差しで、わたしを値踏みしたときから。

ずっと……あなたのものなの。

アールストは両脚の間にキスをしてきた。唇で、舌で、可能な限りの愛撫をしてくれる。エレディアは彼の好きな甘い声を何度も上げる羽目《はめ》になってしまった。

「何度、舐め取っても、次から次に蜜が溢れてくる」

「だって……ああ……あっ……」

エレディアは痙攣《けいれん》するように身体を震わせた。もう、限界だと判っている。その前に、アールストが欲しかった。

「お願い……っ」

彼は指をそっと忍び込ませる。これ以上の刺激は無理なのに。

「何をしてほしいんだ？」

「あぁっ……あなたが……欲しいの！」

むせび泣くようにして、エレディアは彼に声をかけた。すると、すぐに指を引き抜いて、エレディアの両脚の間に腰を差し入れた。

怒張《どちょう》したものが大事なところに当たっている。彼はまるで焦《じ》らすように、ゆっくりと中に入ってきた。

「あ……んんっ……あん……っ」

彼が奥まで入ってくると、エレディアはもうたまらず、彼の腰に両脚を絡みつかせた。

もちろん両腕も彼の背中にしっかりとしがみついている。

わたしがどれだけ嬉しいか、この人に判るかしら……？

そして、どれだけ幸せなのか……。

エレディアはにっこりと彼に笑いかけた。すると、彼もまた笑みを返してきた。ぞくぞくするような快感が背中を這《は》い登ってくる。それは、この行為から得られる快感とは、また別のものだった。

「おまえを愛している……」

アールストはエレディアの瞳を見つめながら囁いた。

胸の奥にじんわりと熱いものが込み上げてきて、自然に涙が出てきた。

言葉なんていらない、心が通じ合っているから……と思っていたが、やはりそう言われると違う。その言葉を聞いただけで、今までの自分とは違う自分になれたような気がした。

「わたしも……愛してる」

心から。永遠に。

歴代国王に嫁《とつ》いできたどの妃より、自分は幸せだという自信があった。

彼がレジンの血が欲しいと思ってくれてよかった。わたしを欲しいと思ってくれてよかった。

二人は口づけを交わした。

それは誓いの口づけのようでもあり、溢れんばかりの情熱を証明する口づけでもあった。

彼が動くと、エレディアもいつの間にか腰を揺らしていた。彼が抱き締めれば、エレディアも抱き返していた。二人の身体はこれ以上ないくらい深い結びつきがあり、それが徐々に絶頂へと向かっていく。

やがて、エレディアは彼にしがみつきながら昇りつめた。そして、彼もまた彼女を抱き締めながら弾けた。

絶頂の快感と幸福感が一度に迫ってきて、エレディアは涙を流していた。

「ああ、エレディア……！」

アールストの唇が彼女の唇に重なる。

今このとき、二人は誰よりも幸せだった。

それから一年が過ぎた。

エレディアは夏に世継ぎの王子を産んだ。父親に似て大きな赤ん坊で、エレディアは一日中、陣痛《じんつう》に苦しむことになったが、生まれた子はとても健康だった。

世継ぎ誕生ということで、国を挙げてのお祝いとなり、城では結婚のときと同じように、国中の貴族を呼んで大掛かりな祝いの宴も催《もよお》された。

もちろん、エレディアの一族も駆けつけてくれた。ワーリンに至《いた》っては、初孫が生まれたような喜びようだった。

エレディアはアールストとの間に可愛い子供が生まれたことが嬉しくてならなかった。

「最近、ますます私に似てきたと思わないか？」

世継ぎの王子の部屋で、アールストは赤ん坊用の小さなベッドですやすやと眠る息子の顔を見て、満足そうにエレディアに言った。

王子の名前は、ファールト・レジン・ソルヴァーオン。レジン一族の血を引くという証が、名前に盛り込んである。

「でも、髪は銀色なのよ……。わたしに似てしまったの」

アールストは、自分と同じように王子の顔を熱心に見つめるエレディアの肩に、そっと手をかけた。

「おまえに似て、どこが悪いんだ？　私はおまえの髪の色が子供に受け継がれて嬉しいのに」

「だって、もし……ひょっとして……」

「レジンの血が濃く出ていたら、その能力も受け継いでいるかもしれないと心配しているのか？」

「ええ……」

もちろん、レジン一族は一族の間だけで婚姻してきたわけではないので、普通の人間との間にできた子供に能力が受け継がれることはごく当たり前のことだった。だから、最初からそれは判っていたのだが、いざ子供が生まれてみると、いろいろ考えてしまうのだ。特に王族には遠い昔にレジンの血が混じっている。その血が濃く出ることが、エレディアは怖かった。

「それのどこがよくないんだ？　昔の王にもその能力を持つ王はいたはずだ」

「いたと思うわ、きっと。でも、国王には必要ない能力だと思うのよ。やはり特殊な能力だし……。わたしはずっと能力が表に出なかったから、それほど大変ではなかったけど、子供の頃に発現するとそれを制御するのは大変みたいなのよ」

できれば、自分の息子にそんな苦しみを味わわせたくなかった。普通の相手と結婚した場合なら、子供をレジン一族の間で育てればいいことだが、世継ぎの王子なのに、まさかそんな育て方をするわけにもいかない。

「レジンはレジンの苦しみがあるということか。その上、この子には世継ぎの王子としての重圧もある。だが、我が子の苦しみを親がすべて摘み取ってあげるわけにはいかないだろう？」

「理屈では判っているのよ。自分の子供であっても、親とは別の人間だもの。苦しみに立ち向かう力を自分で獲得しなくてはならないって……」

「判っているなら、手助けしながら見守るしかない。私達なら、それができるはずだ」

アールストはエレディアの手を柔らかく握った。

確かにそうだ。恐れていても仕方がない。それに、必ずしもレジンの血が濃く現れているとは限らないのだ。

「そうね……。わたし達の子供だもの。苦難に立ち向かえるほど強い子かもしれないわ」

アールストの瞳が優しく輝いた。

「おまえはあの真っ暗な迷路で決して自分を見失わなかった。見事、自分と子供を守りきったんだ。おまえの子なら絶対に強い」

「あれは……あなたと心が通じていたからよ」

あのとき、エレディアは自分が夢を見ているかもしれないと思いながらも、あれが現実だとどこかで信じていた。

二人の絆はあれから今に至るまで、どんどん強くなっている。子供が生まれて、それはより強くなったような気がするのだ。

「エレディア……」

アールストは彼女を抱き寄せて、素早く唇を近づけた。が、キスするその前にファールト王子が泣き出してしまった。

「まあ、どうしたの？」

エレディアはすぐに息子を抱き上げた。

本当に顔はアールストによく似ている。瞳は黒くて、きっと成長したら、父親そっくりの鷹の眼差しを持つようになるかもしれない。

その頃にはあと何人か王子や王女がいることだろう。エレディアはそれを想像して、微笑んだ。

「キスの邪魔をするとは、不届《ふとど》きな息子だな」

アールストは王子の頬を優しくつついた。すると、泣いていた王子が泣き止み、笑顔を見せる。

「なんて可愛いのかしら……」

親馬鹿と言われようが、エレディアはそうとしか思えなかった。きっとアールストもその意見に賛成するに違いない。

「可愛い子供をもっと欲しいと思わないか？」

アールストは意味ありげに言うと、にやりと笑った。

彼の言いたいことは判っている。もちろんエレディアも彼の意見に大賛成だ。

「王子や王女をたくさん産んで、国中で何度もお祝いしたいわね」

そうすれば、レジンの血で悩んでいたことが大したことではなくなるだろう。それに、兄弟がたくさんできれば、王子も楽しいに違いない。この王宮も賑《にぎ》やかになるだろう。

「おまえの願い、すぐにでも叶《かな》えてやろう」

アールストは王子を抱くエレディアを抱き締めた。

彼のことは誰よりも信じられる。こうして抱かれていると、それだけで心が安らぐのだ。

「つくづく、レジンの娘を娶ろうと思いついたあの頃の自分を褒《ほ》めてやりたい」

エレディアはくすっと笑った。

「レジンの血を引く世継ぎが欲しいだけだって、あなたは言ったわ」

「強がりを言ったんだ。初夜でも本心を隠したくて、わざと冷たく振る舞った。本当は、おまえを見た瞬間に、恋に落ちていたのに」

今頃になって、こんな告白をする彼がなんとも言えずに愛しい。

「わたしもよ。初めて見たときに、身体が震えたわ」

それくらい、彼との出会いは衝撃的だった。

身体を穢されても心は奪わせない。そんなことを考えていたときもあった。けれども、二人は惹かれ合い、その気持ちはとても止められなかった。

まさに、運命だったのだと思う。

誰にも引き裂けない運命だった。あの迷路で死にかけても。

「愛してるわ、アールスト」

アールストは微笑み、唇を近づけた。

「私も愛している。私の妃として。妻として。子供の母親として」

唇が重なった。

激しい口づけではないけれども、これで充分だった。

幸せはすべてここにある。

腕の中の王子。優しく包んでくれる彼。

そして、限りなく深い愛情。

エレディアは誰よりも愛しい人と、優しく甘い口づけを交わした。

END

あとがき

こんにちは。水島忍《みずしましのぶ》です。マリーローズ文庫創刊ということで、初めてのファンタジーに挑戦してみましたが、いかがでしたでしょうか。

今回のお話は、田舎《いなか》で静かに暮らしていた女の子エレディアが突然、王妃に抜擢《ばってき》されるというシンデレラものですが、政略結婚ものでもあります。というか、エレディアにしてみれば、脅《おど》され婚かなあ。彼女は別に王様に恋しているわけではなく（自覚がないだけで恋はしてますが）、この結婚自体にまったく夢を持ってないんですよね。

何しろ、王様ことアールストは傲慢な上に、わざと冷たく振る舞ってみたりして、本心をなかなか見せません。しかも、エレディアが月の民《たみ》の娘だから、その血を引く世継《よつ》ぎが欲しくて結婚を決めたとか言っちゃう人なんです。

元々、身分差はあるし、月の民を胡散臭《うさんくさ》く思う人もいて、エレディアには王宮の味方もいなくて、陰謀《いんぼう》に巻き込まれて、命を狙われたり……。でも、そんな中、アールストとは少しずつ心が通い合うようになります。

まあ、なんだかんだ言って、アールストはエレディアのことが可愛くて仕方がないんですけどね。恋愛面では不器用な王様です。だいたい、髪の色や手触りはともかくとして、耳の形が好きって一体……？　耳フェチ？　そんなの、聞いたことないんですけどー。

途中、猫が死んじゃうのですが、ストーリーの都合上、仕方がないとはいえ、可愛い子猫なだけに胸が痛みました。猫好きな方、本当にすみません。

あと、某キャラが死んだとされていますが……この人、本当は死んでないと思います（本編には出てこない裏情報？）。今は他国に逃亡中かなあ。

さて、今回のイラストは野田《のだ》みれい先生です。エレディアが可愛くてたまりません。まさに、純真で可憐。アールストは鋭い眼光の王様で、二人とも衣装が素敵です。私が一番好きな本文イラストは、アールストが猫のことで悲しむエレディアをベッドで慰めるところ。いつもは王様然としたアールストがすごく優しそうで萌《も》えなんです～。野田先生、どうもありがとうございました！

ファンタジーは初めてでしたが、私自身は楽しんで書けました。読者の皆様にも楽しんでもらえたらと思っています。もしよろしかったら、感想などいただけると、大変嬉しいです。それでは、また。

水島　忍

マリーローズ文庫をお買い上げいただき、ありがとうございます。この本を読んでのご意見・ご感想・ファンレターをお待ちしております。

☆あて先☆
〒113-0033　東京都文京区本郷3-40-11
コスミック出版　マリーローズ編集部
「水島 忍先生」「野田みれい先生」
または「感想」「お問い合わせ」係

月華迷宮《げつかめいきゅう》の巫女《みこ》　～奪《うば》われた純心《じゅんしん》～

【著者】　水島《みずしま》 忍《しのぶ》
【発行人】　杉原葉子
【発行】　株式会社コスミック出版
〒113-0033　東京都文京区本郷 3-40-11
【お問い合わせ】　- 営業部 -　TEL 03(5844)3310　FAX 03(3814)1445
- 編集部 -　TEL 03(3814)7534　FAX 03(3814)7532
【ホームページ】　http://www.cosmicpub.com/
【振替口座】　00110-8-611382
【印刷／製本】　中央精版印刷株式会社

乱丁・落丁本は、小社へ直接お送り下さい。郵送料小社負担にてお取り替え致します。
定価はカバーに表示してあります。